그럼 우선은 인사 대신에 일격, 때리기로 할까요!

아오이의 말에 맞춰
팔과 손에 강력한 에너지를 집중시켰다.

용왕의 숨결

우와?! 지금 그거 린트 군?! 굉장한 위력이야!

정말로…… 굉장하네요, 이건.

일러스트 — 오쿠마 네코스케

CONTENTS

프롤로그

엘프의 숲을 태우자! 라며 소란을 떨고 얼마 후.

순조롭게 진행되는 개간 뒤로 단 하나 문제가 발생했다.

그것은…….

"확실히 이대로라면 주인님은 죽어요. 하이 엘프와의 싸움으로."

침실 침대에 앉으며 리리가 시원스럽게 말했다.

침실은 이미 파티가 모이는 곳이 되어서, 이렇게 모일 때는 대부분 이곳이었다.

리리의 말은 넌지시 "뭐, 죽어도 되살려낼 수 있어요" 같은 내용이 붙어 있을 것 같다……고 할까, 이건 틀림없이 붙어 있다.

다만 되살려내기 전에 죽는 것이 문제였다.

누구라도 죽고 싶지는 않다…….

"린트 군, 강해져야겠네."

"역시……."

"주인, 자신을 가져라. 지금도 주인은 충분히 강해. 그저 주위가 괴물일 뿐이야."

괴물 필두인 벨이 달래주었다.

"어쩐지 면목이 없네."

"아하하. 뭐, 강해지면 그만이니까!"

티에라의 말을 빌레나가 웃어 넘겼다.

뭐, 이 멤버는 괜찮겠지.

나랑 또 하나, 남 일이 아닌 인물이 있었다.

"나는 린트 경과 마찬가지로 강해지지 않고서는 못 따라가겠군……."

바론도 신국 최강, S랭크 수준의 실력자이기는 하지만 이 멤버 안에 있으면 이렇게 되어버리는 것이었다.

"그럼 일단 두 사람은 특훈이야!"

빌레나가 미소로 말했다.

"엘프 문제도 사룡 문제도 조금 시간은 있으니까, 우선은 그렇게 할까요."

빌레나와 리리가 방침을 정하자 티에라가 그에 호응하는 모양새로 제안했다.

"아, 그러면 겸사겸사 나, 오랜만에 퀘스트 나가고 싶어."

"좋네좋네! 요전에 애매해졌으니까, 벨과 바론도 다시 모험가 등록해버리면 되겠다!"

"그럼 길드 퀘스트를 받으면서 강해지는…… 건가."

이렇게 정리했더니 할 일은 이곳 플레멜에서 모험가 일을 하던 때와 다름이 없구나.

큐르케와 눈이 마주치자 같은 생각을 하고 있었는지 끄덕였다.

"S랭크 파티부터 되어야겠지!"

"전원이 S랭크라면 불만은 없을 테니까, 그걸 목표로 하죠."

"실력으로 따지자면 이미 충분할 테니까, 실적만 쌓으면 될까?"

"그래그래!"

수도에 다다르기 전의 나라면 구름 위의 이야기였지만 지금은 멤버들의 대화에 아슬아슬 실감을 품을 수 있었다.

여하튼 이미 나도 A랭크 모험가가 되었다.

프로로서 먹고 살 수 있는 C랭크.

그중에서도 한 줌, 상위의 모험가라 할 수 있는 B랭크.

그리고 그보다 위.

S랭크는 대륙은커녕 역사를 보더라도 한정된 랭크임을 생각하면, 사실상 최상위 랭크로 여겨지는 것이 A랭크 모험가다.

꿈과도 같은 세계로 왔다.

그리고 여기까지 왔다면 이제는 이런 곳에서 멈출 생각도 없다.

"너한테는 나도 붙어 있으니까 이 정도로 끝나서야 곤란하다고."

리아밀이 둥실둥실 내 어깨에 착지하며 말했다.

카게로도 S랭크 몬스터이고, 리아밀은 환술만으로 S랭크 수준이라 일컬어질 만큼의 힘을 가지고 있었다. 큐르케도 길도 강해지고 있다.

이만큼 혜택받은 종마에게 둘러싸여 있으면서도 위를 노리지 않을 수야 없겠지.

"벨과 바론은 지난번의 구두 약속을 믿는다면 A랭크가 될 수 있을 테고, 남은 건 티에라인데……."

"티에라는 모험가 신청은 했지?"

"응, 일단 B랭크까지는 올렸어. 그다음부터는 시간이 없어서, 말이지."

간단하게 말하지만 B랭크는 그것만으로도 평생의 돈벌이가 보장될 정도…… 아니 뭐, 여왕님이니까 그런 쪽으로는 관계없나.

게다가 일격밖에 못 봤지만, 저것은 S랭크의 세계에 속하는 것이었다. 시간문제였다는 것은 딱히 허세도 뭣도 아닌 사실이겠지.

"그럼 일단 플레멜의 길드에서 적당한 퀘스트를 찾아서 갈까."

"모두 같이?"

"가끔은 괜찮잖아?"

싱긋 웃는 빌레나.

주위를 봐도 누구 하나 부정하지는 않을 것 같았다.

"뭐, 상관없다."

"응응! 가자가자—!"

"잠깐잠깐, 먼저 루미 씨한테 이것저것 연락해둬야…….."

개간에 대해서 한동안 모조리 떠넘기게 될 테니까.

게다가 이 멤버가 모두 함께 길드로 들이닥친다면 이래저래 패닉이 벌어지겠지.

드래곤 대군보다도 강한 집단이니까.

"후후. 기대되네요."

이러쿵저러쿵 준비를 한 뒤, 다시금 우리는 파티 전원이서 플레멜의 길드로 향한 것이었다.

◇

"이것 참…… 장관이로군……."

쿠엘의 얼굴이 역시나 굳어 있었다.

이유는 간단하다.

S랭크 수인 빌레나.

성녀 리릴나시르.

멸룡 기사단장 바론.

칠대악마 벨.

엘프 여왕 티에라.

지금은 어깨 위에 앉아있는 리아밀도 환술만으로 비슷한 레벨.

S랭크 수준의 실력자가 한꺼번에 모인 것이다.

게다가 전원 용모도 시선을 끈다.

실력자가 모인다고는 해도 시골 벽촌인 플레멜의 길드에 이런 수준의 멤버가 모인 일은 이제까지 없었던 것이다.

아니, 애당초 온 대륙을 둘러봐도 이만큼 장관인 파티는 없을지도 모른다.

길드 안의 주목이 우리에게 모여 있었다.

"그래서, 세계라도 멸망시키러 왔나?"

"그럴 리가 없잖아. 평범하게 퀘스트를 받으러 왔을 뿐이야."

"아하하. 나도 알아. 하지만 조─금만 기다려줄 수 있을까. 루미 군한테 연락을 받고 바로 움직였다만 말이야. 그렇게 형편 좋게 너희한테 맞는 의뢰가 모일 리가 없지. 자, 이것밖에 없다."

그의 손에는 이미 의뢰서 한 장이 들려 있었다.

번거롭다고 할까 뭐라고 할까…….

씨익 웃는 쿠엘에게서 의뢰서를 받아들었다.

"이건…….."

"원하던 건 이런 게 아니었나? 아무리 그래도 너희가 고전할 법한 의뢰서 따윈 없는데.”

쿠엘이 쓴웃음 지었다.

뭐, 그런 의뢰서를 훌쩍 내놓을 수 있다면 나라가 멸망할 테니까…….

그런 생각을 하는데 빌레나가 그 의뢰서를 등 뒤에서 들여다봤다.

“오! 재미있을 것 같잖아!”

“그러네요. 적당히 괜찮을까요.”

리리도 동의했다.

“애당초 선택지가 없겠지.”

“나는 뭐든지. 오랜만의 퀘스트니까.”

“그러니까 주인. 얼른 가자고.”

바론, 티에라, 벨도 각자 동의를 표했다.

“자세한 이야기는 여기에. 어, 그리고 전원 모험가 등록 절차는 해둘 테니까 안심해도 돼.”

“오오.”

“여왕님의 경우에는 기록도 남아 있으니까.”

“그건 다행이네.”

티에라의 등록도 남아 있었다나. 그러니까 B랭크부터 시작할 수 있다는 이야기다.

우선 여기서 확인해야만 하는 일은 클리어할 수 있겠네.

“그럼 다녀올게.”

“너희한테 해야 할 말인가 싶긴 하지만, 조심해서 다녀와. 너희는 이미 존재하는 것만으로 나라에 영향을 주는 거니까."

쿠엘이 말했다.

확실히 그렇구나…….

"고마워."

"그래. 루미 군도 잘 부탁한다."

팔랑팔랑 손을 흔드는 쿠엘에게서 등을 돌려, 우리는 길드를 뒤로했다.

목적지는 고라 산맥.

추천 랭크 A의 위험지대였다.

고라 산맥.

신국 영토의 북동쪽에 걸쳐 있는 산맥으로, 여기를 넘어가면 바다이고 지도도 없다. 왕국 백성에게는 세계의 끝이고, 또한 가혹한 환경과 몬스터의 높은 레벨 때문에 숙련된 모험가들의 목숨을 여럿 빼앗은 최악의 토지 중 하나였다.

플레멜의 길드에 마침 준비되어 있던 퀘스트인데, 빌레나를 상대로 낼 만큼 레벨이 높은 의뢰였다.

"잘도 이런 의뢰가 있었구나."

"눈토끼 소재 획득, 최대 오천 마리. 재밌겠어!"

그 후에 루미 씨한테 들었는데, 본래 플레멜 길드는 루미 씨가 없는 영향도 있어서 서류 정리도 변변히 되지 않을 만큼 어수선하다며 쿠엘이 한탄했다나.

"이 퀘스트라면 인원수가 있어도 괜찮으니까요."

리리가 하늘을 날며 웃었다.

나, 벨, 리리는 비행 능력이 있으니까 하늘을 날고, 길에 바론, 빌레나, 티에라가 타고 있다.

어느샌가 당연하다는 듯이 길이 세 사람을 태우게 된 것이 감개무량하구나.

참고로 아마도 빌레나는 달리는 편이 빠르고 티에라도 날든 뭐든 가능할 것 같지만, 대화를 나누기 위해서라도 이런 느낌이었다.

"내 모험가 등록도 살아있어서 다행이네. 인간의 입장에서 보면 시간이 좀 지났을지도 모르는데."

아무래도 그리 깊이 물어보지는 않았지만 엘프는 수명이 기니까 이런저런 일이 있겠지.

그건 그렇다 치고…….

"자 그럼―, 어떨까―? 린트 군."

"어어…… 귀여워. 그런데 춥진 않아?"

"훗훗훗―. 추위는 다른 수단으로 어떻게든 되니까―!"

빌레나의 장비는 가슴 부분을 덮은 폭신폭신한 것과 같은 소재로 핫팬츠 같은 것. 그리고 후드에 긴 토끼 귀의 사랑스러운 옷이었다.

싫어하는 벨에게도 입히고, 티에라는 이런 것에는 저항이 없는지 신이 나서는 같은 장비로 갈아입었다.

리리도 평소 그대로의 분위기. 바론은 이미 거부할 기력도 없었나 보다.

"노출은 평소보다 적은데 왠지 부끄럽네……."

"수영복이랑 비슷한 거잖아요. 어울린다고요? 바론."

"큭……."

즐거운 듯 리리가 바론에게 미소를 건넸다. 리리도 같은 옷을 입고 있는데 말이지.

가슴이 쏟아질 것 같아서 오히려 내가 조마조마하지만.

"이런 굴욕…… 기억해둬라, 주인!"

"난 아무것도 안 했잖아?!"

"어차피 이 녀석들한테 화내봐야 헛수고겠지! 주인한테 분노를 던져두는 것이다!"

"그 무슨 부조리한……."

벨도 평소의 복장이 더 노출이 심할 정도인데 어째선지 부끄러워 보였다.

"그건 그렇고, 눈에 띄네."

탄탄한 스타일에 수인 특유의 사랑스러움과 파워가 매력인 빌레나.

폭유를 천으로 미처 가리지 못하는 리리.

머리카락 색깔이나 표정도 어우러져서 사랑스러운 모습이 갭을 느끼게 하는 바론.

자그마한 몸이면서도 요염함을 갖춘 벨.

그리고 굳이 말할 필요도 없이 누가 어찌 보더라도 아름다운 예술품, 티에라.

티에라에게는 이제까지의 멤버에게는 없었던 특유의 오라가 있었다. 엘프로서의 신성함에 더해서 왕이라는 것이 행동으로 드러나기 때문일까.

"그건 그렇고, 슬슬 보일 거야."

바론의 말에 전방으로 주의를 기울였다.

우뚝 솟은 설산에는 구름이 드리워서 전모는 아직 보이지 않았다.

"눈토끼라면 수도 주변에는 만 하루를 들여도 한 마리나 나오긴 할지……."

눈토끼. 뿔토끼의 하얀 변종이라 하고. 희소성부터 순백의 모피나 푸르게 빛나는 뿔은 고가에 거래된다.

일단 수도 주변에서도 목격 정보는 있지만, 지금부터 이동할 고라 산맥에는 무리 단위로 눈토끼의 존재가 확인되고 있다……나. 본 적은 없으니까 모르겠지만.

오히려 지금은 숫자가 지나치게 늘어서 조금 성가시다며 이 의뢰도 나왔을 것이다.

"한 마리라도 금화가 움직이니까요."

"역시 굉장하네……."

금화라니 평범하게 산다면 볼 수도 없을 레벨인데.

최근에는 금전 감각이 조금 이상해지고 있지만.

"정말로 오천 마리 가져가서 놀라게 해주자—!"

오천 마리 전부 납품할 경우에는 이미 대상인의 연간 매상에 버금가지 않을까……. 애당초 누가 그런 의뢰를 했는지.

그보다…….

"그렇게나 있을까?"

아무리 늘어났다고 해도 수도 주변에서는 한 마리도 힘든데 오천은 무리라고 생각했지만…….

"고라 산맥엔 눈토끼가 널려 있어."

"응응—."

"그런가."

"수도에 나타나는 눈토끼도 대부분 수집가가 놓친 녀석이라고 그러니까요. 통상적으로 사람이 발길을 들이지 않는 산맥에는 뿔토끼처럼 제대로 번식하고 있어요."

"그렇구나⋯⋯."

아니, 하지만 그렇다면 다른 문제가 발생한다.

뿔토끼라도 백 마리가 모이면 C랭크가 죽을 수도 있다.

C랭크는 모험가로서 충분한 힘이 있는 인간으로, 일반인과는 전투력이 전혀 다른데도 그런 것이다.

눈토끼는 상위 호환. 본래 무리와 떨어진 단독 개체밖에 없으니까 위험도라는 의미로 의식한 적은 없지만⋯⋯.

"뿔토끼와 마찬가지로 둥지에서 살고 있으니까요."

"그래그래! 오히려 고라 산맥 근처에선 한 마리만 돌아다니는 일이 더 드무니까—."

리리와 빌레나가 말했다.

"둥지라고 할까, 혹시 천 마리 이상이 동시에 덮쳐든다면 난 곤란하다고."

그렇다, 바론의 말대로다.

뿔토끼의 상위 개체가 천 단위로 덮쳐든다면 잠시도 못 버틴다.

아마도 뿔토끼와 비교해서 단독으로 랭크 하나 반, 위험도가 올라갈 터.

덧붙여서 이런 환경이다. 빙랑들과 싸웠을 때 통감했는데, 나는 종마에게 의지하니까 환경의 변화에 따라가지 못할 때도 있다.

고라 산맥은 빙랑들이 있던 저 산맥보다도 혹독한 장소다.

"확실히 고라 산맥의 눈토끼는 그 근방의 눈토끼와는 조금 다르지만, 주인님이라면 이제 큰 문제도 아니지 않을까요?"

"오히려 힘을 조절할 수 있을지가 문제거든."

"그런가……?"

"예. 납품이니까요. 자이언트 헤라클레스 때처럼 박살이 나지 않도록 주의해야겠죠."

"어머나. 그렇게나 재밌어 보이는 일을 했구나."

티에라가 웃었다.

확실히 납품을 위한 퀘스트는 그건 그것대로 문제였지만, 자이언트 헤라클레스 때는 애당초 이길 수 있을지부터 시작했으니까 말이지…….

눈토끼는 천 마리 단위로 출현해서 몸을 던지는 공격을 펼치니까 위험도는 A 수준에 필적한다.

하지만 뭐, 나도 이미 A랭크란 말이지…….

이 퀘스트가 적정 랭크라는 사실에 놀라면서도 익숙해져야 한다며 의식을 전환했다.

요컨대 이번에는 자이언트 헤라클레스 때와 달리, 힘 조절도 포함해서 노력해야만 한다는 것이다.

그리고 그런 대화를 나누는 사이…….

"길은 중간까지겠네, 여기서부터는 춥고 위험하니까."

"그르……."

길이 아쉽다는 목소리를 높였다.

"그렇게까지 가혹한가."

이제까지도 길은 전장에서 가능한 한 멀리 두는 모양새였지만, 이번에는 평소보다 이른 느낌이었다.

"그러네. 조금 위험할까. 우리도 저게 없으면 안 돼."

"저거……?"

무언가 필요한가 싶었더니 리리가 가르쳐주었다.

"이제부터는 환경이 무척 혹독해져요. 추위만이 아니라 애당초 날씨가 거칠어지면 호흡조차 어려워지니까요."

"어……."

그런 곳으로 가려는 건가…….

"최소한의 준비 정도는 다들 가지고 있겠지?"

바론이 길 위에서 말했지만 나는 존재조차 파악하지 못했다.

아니, 일단 환경에 적응하기 위한 준비가 있다는 건 알지만, 건드릴 기회가 없었으니까 사고에서 벗어나 있었던 것이다.

"마도구인가……."

그렇다고는 해도 평소처럼 수납 주머니에서 나오는가 싶었지만 이번에는 그렇지 않나 보다.

"카게로랑 티에라가 있으니까 맡겨버릴까."

"맡겨?"

"만들어버리는 거예요. 이 자리에서."

"어……."

간단히 말하지만 마도구 생성이라니…… 아니 뭐, 이 멤버라면 뭐든 가능한가…….

"저도 도울게요. 벨도 어떻게 할래요?"

"이봐…… 어느 수준의 물건을 만들 생각이냐."

벨이 놀랐다.

마도구 생성은 무척 고등 기술이지만, 당연하다는 듯 벨도 가능한가 보다.

이야기가 조금 평소보다 거창하다는 점 말고는 이미 평소 그대로의 광경이었다.

"기왕이면 제대로 된 걸 만들려고요. 기왕 이런 옷을 입었으니까요."

"이대로 고라 산맥에 들어가는 건가……? 제정신인가?"

바론이 말했다.

뭐, 제정신이 아니라는 것도 항상 있는 일이네…….

"냐하하. 재미있겠네. 카게로가 열심히 해줘야겠네."

"그러네. 서방님, 카게로를 부탁해요."

"어어…….'

시키는 대로 카게로를 소환했다.

"큐쿠―!"

빛에 뒤덮여서 현현한 카게로는 신성한 느낌이지만, 나오자마자 몸을 비벼대니까 귀여움이 웃돌았다.

평소처럼 붙어서 같이 장난을 쳤는데 티에라가 놀란 표정을 짓고 있었다.

"이 아이…… 새삼 굉장하네."

"그런가?"

"그래, 엘프는 정령과의 교섭이 특기인데, 이 아이와의 교섭은 보통 난항을 겪거든. 지금은 서방님 덕분에 문제없어 보이지만."

지금의 카게로는 나오자마자 팔에 달라붙으니까 이제는 그저 귀여운 파트너니까 말이지. 뭐, 싸웠을 때는 죽는가 싶었지만.

"후후. 서방님의 힘이네. 그럼 도움을 좀 받을 수 있을까."

"큐쿠―?"

내게 의견을 구하듯이 고개를 갸웃거리기에 끄덕여서 보내줬다.

"그럼, 간다."

"큐쿠―!"

티에라가 무언가를 영창하자 카게로의 불꽃이 일렁이기 시작했다.

"큐쿠쿠―."

카게로가 기분 좋은 듯이 눈매를 가늘게 만들며 울음을 흘리자 불꽃이 분리되듯이 몇 개의 결정이 되었다.

"이건……?"

"정령석. 상위 정령은 하위 정령을 조종할 수 있지. 이건 그 힘을 담은 마도구. 이것만으로도 효과는 있겠지만……."

C랭크 모험가에게는 무용지물이지만 상위 모험가는 필드가 가혹해지니까 필수품 중 하나라나.

이게 있다면 바닷속이나 하늘을 지나치게 높이 날 때도 호흡할 수 있거나, 추위나 더위에 대응할 수도 있다고 한다. 듣자 하니 주위에 존재하는 형태 없는 하위 정령을 무의식중에 조종해서 그것을 실현한다는데, 뭐 가지고 있으면 안심인 편리한 아이템이라고 인식해뒀다.

"리리."

"예. 벨, 같이."

베이스는 카게로와 티에라가 구축했지만 보강하는 형태로 또 무언가 리리가 마법을 사용했다.

벨의 마력도 빌릴 정도다.

상당한 기합이 들어간 것처럼 보였다.

"오오……."

결정이 더욱 눈 부신 빛을 발하고…….

"다 됐어요."

빛이 그대로 허공에 떠오른 각각의 결정으로 수습되었다.

"완성―!"

빌레나가 얼른 각자의 손에 나누어주기 시작했다. 당연하다는 듯 공중을 이동하지만 그냥 신경 쓰지 말자…….

"터무니없는 걸 만들었군……."

"벨이 놀랄 정도로 굉장해?"

"생각해봐라. 이만한 힘이 담겨 있다고."

뭐, 그런가…….

빌레나가 모두에게 나누어주고 길 곁으로 돌아가더니 가벼운 태도로 벨에게 말했다.

"고마워―!"

"서방님은 정령 빙의가 완벽해지면 이것도 필요 없겠지만."

"아직 불안정하니까 말이지."

"큐쿠……."

내가 그렇게 말하자 카게로가 미안하다는 듯 고개를 숙였다. 틀림없이 카게로가 아니라 내가 원인이겠지만…….

"뭐, 이번에는 싫어도 연습이 될 테니까."

씨익 웃는 빌레나와 함께, 여기서부터는 길과 헤어져서 등산을 하게 된 것이었다.

◇

"도착—!"

"마도구 덕분에 느껴지진 않지만, 상당히 추워 보이는데…….."

고라 산맥은 고난이도이지만 일단 모험가의 활동 장소다.

적당한 장소에 방갈로가 세워져 있고, 일단 비바람…… 이 경우에는 눈과 추위에서 몸을 지킬 시설이 준비되어 있었다.

눈토끼 의뢰는 어느 정도 뿌려진 모양이라 우리 이외에도 모험가들을 드문드문 볼 수 있었다.

역시나 A랭크 추천 퀘스트이고, 애당초 이런 가혹한 환경.

모여 있는 모험가들도 오라가 달랐다.

"우리뿐이구나. 이런 복장."

티에라가 웃었다.

뭐, 설산에는 어울리지 않는 귀여운 여자아이들이라 무슨 장난을 치느냐고 여겨져도 이상하지 않은 복장이니까…….

다른 모험가들은 단단히 방한 도구를 입고서 추위와 싸우는 모습이었다.

"이 마도구, 역시 굉장하구나."

플레멜에서 모험가를 하던 때에는 생각해본 적도 없는 마도구이기는 했다.

그렇지만 이곳은 A랭크 추천 장소니까, 다른 모험가도 어느 정도의 물건은 가지고 있을 거라 생각했는데…….

"통상적인 물건이라면 이 장소에 오는 모험가라면 입수는 가능하지만…… 이건 특별하니까요."

리리가 말했다.

확실히 티에라가 있기에…… 그렇다고 할까, 리리도 벨도 거들어서 만든 물건이다.

바탕이 되는 불꽃은 S랭크를 넘어서는 몬스터, 염제랑 카게로의 불꽃.

한정된 상위 모험가라면 다들 같은 조건일까 싶었는데, 이렇게 상황을 정리하니 이야기가 다르구나.

"이런 게 시장에 나온다면 엄청난 일이 벌어질 거라고."

바론이 말했다.

"그 정도인가."

뭐, 주위에서 추워하는 모습을 보기에는 그럴 것 같지만…….

갑자기 미소녀들이 나타나기도 해서 그렇겠지만, 그 이상으로 이 복장으로 이 장소에 있을 수 있다는 사실에 놀라서 흥미를 드러내는 모험가들이 많았다.

"있지있지―. 기왕이니까 시합하지 않을래?"

이런저런 생각을 하는 사이에 이미 준비 운동을 시작한 빌레나가 그런 이야기를 시작했다.

내가 의문을 입에 담기도 전에 티에라와 리리가 동의했다.

"좋네."

"후후. 재미있겠네요."

이렇게 되면 이미 한다는 흐름이지만, 뒤늦게 상식적인 두 사람이 반응을 드러냈다.

"뭐냐, 그건 나도 들어가는 건가?"

"난 시합 같은 걸 할 상황일까……."

벨과 바론이 각자 중얼거렸다.

벨은 비교적 의욕이 있는 눈빛이네.

바론과 나만큼은 그럴 겨를이 아니라는 표정이었지만…….

"뭐, 그러니까 진 사람이 이긴 사람 소원을 들어주는 건 어때?"

"좋은데?"

빌레나의 말에 티에라가 씨익 웃었다.

"잠깐만, 이 멤버로 말이야?!"

간신히 대화에 끼어들 수 있었다. 벌칙 게임이 딸려온다면 어떻게든 막아야 한다고 생각했는데…….

"흠. 저 장소라면 그렇게까지 힘 조절도 필요 없겠지. 기대되는군."

안 돼. 상식적인 벨이 의욕이 가득하니까 도저히 궤도를 수정할 수는 없을 것 같다.

"풀 파워인 벨은 어느 정도로 강해?"

"그렇군…… 하자고 마음먹으면 저 산맥을 지도에서 지울 수 있다."

씨익 웃으며 벨이 말했다.

이것이 농담이라고 할 수 있는 이야기라면 좋겠지만, 농담도 과장도 아닌 듯했다.

실제로 과거에 현현한 마왕은 지도 정도는 몇 번이나 다시 그리게 만들었다.

그리고 벨은 일단 과거의 마왕에 버금가는 실력을 가진 악마다. 칠대악마라고 그랬으니까……. 어쩌면 역대 마왕보다 더 강하다든지……?

"안 돼―, 이번에는 눈토끼를 가능한 한 상처 없이 붙잡는 거니까―."

"알고 있다."

"후후, 그럼 경쟁하는 건 평가 액수겠네."

다들 점점 의욕이 솟구쳤다.

이미 바론도 포기한 표정이니까, 나도 각오를 다질 수밖에 없겠구나.

"이번 납품은 상인이 다양한 목적으로 사용하니까, 가능한 한 깨끗한 게 좋다……였던가."

"그러네―. 살아있어도 괜찮다나 봐!"

"애완용으로도 인기 있으니까요."

대상인의 의뢰인지 사용처는 각양각색.

모피나 뿔을 장식품과 옷에 사용, 실험이나 약에 사용, 그리고 애완동물 목적…….

눈토끼는 이래저래 쓸모가 있으니까.

평소라면 이런 대규모 사냥은 안 될 테지만, 이번에는 지나치게 늘어난 개체를 솎아낸다는 의미도 있어서 대규모 의뢰 허가가 나왔나 보다.

"납품 의뢰는 빌레나보다 더 잘했지."

"뭐, 이 녀석은 힘 조절을 모르니까."

티에라의 말에 벨이 웃었다.

"냐하하. 하지만 숫자는 안 질 테니까."

그런 대화를 불안하게 바라보던 바론에게 말을 건네려던 참이었다.

"저기저기, 그 이야기 있지, 우리도 끼워줘."

기분 나쁜 미소를 감추려 하지도 않는, 경박해 보이는 남자가 말을 건넸다.

일단 이런 장소다. A랭크 이상의 모험가겠지.

언뜻 봐서는 실력도 제법 있는 모험가인 듯했다. 파티로 여겨지는 주변에 있는 인간들도 전원 같은 레벨이다.

그렇지만…….

"음―, 승부가 안 될 거라 생각하는데."

"아니아니, 그야 핸디캡 정도는 준다고."

"어……?"

빌레나의 말을 착각했는지 남자가 수다스럽게 떠들었다.

"그보다도 있지, 시골뜨기인 모양인데 설마 우리를 모르는 거야?"

"나는 확실히 시골뜨기일지도 모르겠지만, 다들 알고 있어?"

"모르겠는데―."

빌레나가 밝게 이야기하자 한순간 기분 나쁘다는 듯이 표정을 일그러뜨렸지만, 마음을 바꿔 먹었는지 또다시 미소로 계속 이야기했다.

"나는 비샤. 백화의 영웅이란 파티의 리더야. 들은 적 있지? 이번에도 말이야, 신국이 위험하다고 해서 굳이 움직였는데 뭔가 끝나버린 모양이라 여기는 심심풀이로 왔거든. 뭐, 그런 느낌으로 이래저래 움직이고 있으니까, 지금 이렇게 다들 모험가 활동을 할 수 있는 것도 우리 덕분이지."

"허어……."

그렇구나. 일단 신국과의 사건에서 왕국 측도 움직이고 있었다는 건 알았다.

다만 신국의 소동에 끼어들 생각이었다면 적어도 정보 수집 정도는 해둬야겠지.

리리가 했던 말 안에는 내 이름도 있었을 테고, 애당초 리리와 바론의 얼굴 정도는 알아두어야 했다.

"뭐, 그래서 말이야. 우리 상대론 좀 가여우니까 제대로 핸디캡도 줄게, 같이 좀 놀자고."

득의양양하게 말을 잇는 비샤에게 티에라가 대답했다.

참고로 이미 빌레나는 흥미를 잃었다.

"우리한테 뭔가 이익은 있을까……?"

"그야 물론이지. 우리처럼 유명한 파티에 이기면 평가가 높아지겠지? 게다가 이번 규칙 들었다고. 이긴 사람이 진 사람한테 명령할 수 있는 거잖아? 우리를 마음대로 할 수 있다니, 좋지 않아?"

티에라가 생각하는 동작을 드러내자 무언가를 착각했는지 남자가 그녀의 어깨에 손을 얹으려고 했다.

간단히 피해버리자 비샤는 놀란 표정을 지었지만, 이어진 티에라의 말에 다시 정신을 차렸다.

"좋네. 하자."

"그래야지! 어떻게 할래? 팀전이면 될까? 핸디캡도 정해야지."

의외라고 생각했더니 티에라가 얼굴을 가져다 대고 작게 말했다.

"그들이 A랭크인 건 틀림없으니까. 평가가 높아진다는 부분은 써먹어도 될 것 같아서."

"아—."

"이런 건 의외로 길드에 통하니까요."

"그런가."

리리가 더욱 보충하듯 귓속말했다.

"주인님은 A랭크가 되었지만 바론, 벨, 티에라를 생각한다면 여기서 더 벌어두는 것도 나쁘진 않겠죠."

싱긋 웃으며 말했다.

그렇구나.

바론과 벨은 등록 중. 티에라도 등록 상으로는 아직 B랭크다.

랭크를 올리는 데는 도움이 되겠지.

티에라와 리리에게 그런 설명을 듣고 있었는데, 이미 빌레나는 오두막에서 나갈 기세였다.

자신을 상대로 보지 않는다는 사실에 짜증이 났는지 비샤가 이쪽으로 다가왔다.

"응—? 결국 어느 정도로 핸디캡을 받을지, 그런 이야긴가? 어떻게 할래?"

리리와 티에라가 내게 귓속말하는 모습이 마음에 안 들었는지 이쪽으로 불쑥 다가오는 비샤.

하지만 그 기세를 지우듯이 빌레나가 이렇게 말했다.

"그냥 귀찮으니까, 그쪽은 모조리 다 나와"

"호오. 인원수는 신경 쓰지 않겠다고?"

상대는 파티라지만 인원은 많단 말이지. 열 명이 넘는다.

클랜이라고 하는 파티보다 대규모 집단도 있다고 들었으니까 그것일지도 모르겠네.

"너희만으로 우리 모두와 싸우겠다고? 이쪽의 인원이 많으니 머릿수를 맞추는 편이 나을 텐데?"

"응? 아니, 우리는 개인전인데?"

"허?"

이야기가 맞물리지 않는다.

"그쪽은 모두가 한 팀. 지면 시키는 대로 하고, 이쪽은 팀을 짤 필요도 없을 것 같으니까."

"그러네. 나도 그걸로 됐어."

"뭔지 잘 모르겠다만 나도 뭐 괜찮겠지."

티에라와 벨이 동의했다.

바론도 체념한 듯 동의하는 표정을 드러냈다. 리리는 시종일관 생글생글하고 있었다.

완전히 비샤 쪽은 바보 취급을 당한 모양새인데…….

"호오…… 뭐, 됐어. 나중에 울면서 사과한다고 해도 말이야. 그렇지? 다들."

천박한 미소를 짓고서 파티 멤버로 여겨지는 인간들이 끄덕였다. 주위에 반응을 드러내는 멤버를 다시금 봤다. 스무 명 가까운 남자들이었다.

A랭크의 실력이 제대로 있어 보이는 것은, 언뜻 봐서 세 명 정도.

그렇지만 다른 이들도 B랭크 상위 정도의 실력은 있어 보이니까, 평범하게 생각하면 틀림없이 강하다. B랭크 혼자서 일반적인 병사 백 명의 전력이라고 그러니까.

B랭크 모험가 열다섯 명이라면 전력으로는 병사 천 명 이상에 해당한다.

그들이 말하는 신국의 문제를 어떻게든 하러 왔다는 이야기도 완전히 바보 취급할 수는 없는 규모였다.

"린트 군도 지면 안 된다고—? 그리고, 저거랑 우리 승부는 다른 이야기니까!"

그런가 보다. 이제 와서 어떻게 될 일도 아니니까 수긍해뒀다.

내가 지더라도 저 녀석들의 표정을 보기에 그렇게 큰일이 벌어지지는 않겠지. 그리고 다른 멤버가 진다는 걱정은 굳이 말할 필요도 없다.

바론도 표정을 보아하니 괜찮겠다고 판단했을 테지.

내가 걱정해야 하는 것은——.

"진짜로 이 멤버로 핸디캡 없이 할 거야?"

"괜찮아괜찮아~!"

"후후. 오늘밤은 기대되네요."

"살살 부탁할게요, 서방님."

"오히려 상처 없이 모으는 건 주인 쪽이 특기일 텐데."

"나는 어쨌든 지지 않는 것뿐이로군…….."

이 중에서 1등의 명령을 듣는 것이다. 아무쪼록 엉뚱한 짓을 할 가능성이 낮아 보이는 티에라가 이기기를 기도할 수밖에 없겠지.

명백하게 이상한 소리를 하는 리리만은 되지 않기를 바랄 뿐이었다.

◇

"좋아, 그럼 여기서부터는 개별 행동이네!"

빌레나가 선언했다.

지금 있는 방갈로 부근은 고라 산맥 중턱이다.

눈토끼는 아마도 조금 더 위로 올라가야 제대로 된 숫자가 나타나겠지.

참고로 비샤의 파티는 먼저 방갈로를 출발했다.

"이 멤버로 걱정할 필요는 없을지도 모르겠지만 연락 수단 정도는 확보해두고 싶네."

이미 따라갈 준비를 하던 빌레나를 바론의 목소리가 붙들었다.

"그러네. 이건 어떨까."

"이건?"

"각자 생명의 위기에 대응해서 발동하는 마도구야. 무슨 일이 있다면 깨져서 다른 멤버에게 알림이 날아가."

"그렇구나……."

티에라에게서는 다양한 도구가 나오는구나.

이런 쪽으로 빌레나와 리리라면 우격다짐으로 해결하려고 들 테니까 고마운 존재였다.

거의 걱정이 필요 없는 멤버라고는 하지만 만에 하나의 경우에는 알림을 받은 빌레나가 회수하러 나서고, 방갈로에서 리리가 치유한다는 것이었다. 이 두 사람한테 무슨 일이 있다면 다른 멤버는 일단 모여서 대책을 생각할 필요가 있을 테니까, 일단 그것으로 충분하겠지.

거기까지 가지 않더라도 최고급 포션을 들려 보내니까 뭐, 그렇게 간단히 무슨 일이 벌어지지는 않을 터.

그럴 터지만……

"걱정스러워 보이는군. 주인."

"뭐, 애당초 이런 위험 지대에 익숙하지 않으니까……."

정령석 덕분에 지장은 없다고는 해도, 추위만이 아니라 호흡조차 영향이 미칠 정도로 가혹한 환경.

이 장소에서 랭크 상 위험도가 호각인 눈토끼 집단을 상대하게 된다.

당연히 눈토끼 이외의 몬스터도 있으니까 경계할 필요도 있을 것이다.

"괜찮다니까—. 린트 군 정말로 강해졌으니까!"

빌레나는 그렇게 말하지만, 다름 아닌 빌레나 옆에 있으니까 실감이 쉽게 생기지를 않는 거겠지…….

"왜 주인은 그렇게나 자신이 없지."

"겸손한 거야. 서방님."

"아니, 그게 말이지…….

유일한 이해자일 바론에게 말을 건네어봤지만…….

"내 입장에서 보면 린트 경도 충분히 괴물이라고 몇 번이나 말하고 있잖나."

아군은 없었다.

"주인님, 리아밀도 불러주면 어떨까요?"

"리아밀…… 아, 그런가."

리아밀은 계속 함께하는 것이 아니라, 계약에 응하여 매일 불러내고 있다.

외모 탓에 전투에 관여하게 만들 생각이 들지는 않았지만 평범하게 혼자서도 강하니까…….

"정령 빙의, 카게로와 함께 쓸 수 있게 된다면."

"그건 굉장하겠군."

그러니까 우선은 리아밀을 불러냈다.

바로 부름에 응하여…….

"늦잖아! 아니, 여긴 어디야?! 게다가 그 복장은 뭐야."

나오자마자 불평을 세 마디나 늘어놓았다.

"늦진 않잖아. 여긴 고라 산맥. 지금부터 눈토끼 토벌이야."

"흐응."

어깨에 탈 수 있는 사이즈인 리아밀이 둥실둥실 내 주위를 날
았다.

복장의 경우에는 뭐, 나도 아무 말도 못 하겠으니까 흘려 넘
겼다.

"내 건?"

"어어…….

모두를 보고 그렇게 중얼거렸다.

"제대로 있다고요? 자."

"있는 거냐……."

리리가 당연하다는 듯이 요정 사이즈의 의상을 건네자, 빛이
되어 한순간 모습이 사라진 리아밀이 갈아입고 다시 나왔다.

"어때?"

"으음…… 귀엽다고 생각해."

"그래! 그럼 됐어!"

기분 좋게 또다시 내 어깨에 올라탔다.

"춥진 않아?"

"그러네…… 나는 딱히 신경 안 쓰일까."

리아밀의 복장은 원래 얇았으니까 이쪽이 오히려 천이 두꺼울
정도인데, 그래도 추워 보인다는 사실에 변함은 없었다.

티에라가 보충해주었다.

"이 아이 정도의 실력이면 무의식중에도 정령 마법을 발동하고
있어. 카게로와는 달리 그렇게까지 불편한 속성도 아니고."

그런 건가.

"그럼 슬슬 출발할게―."

스트레칭을 하며 빌레나가 말했다.

뭐, 열심히 할 수밖에 없겠네.

"그래서, 어떤 상황이야?"

"눈토끼 토벌 숫자를 겨루게 되었어. 미안하지만 협력해줄래?"

"난 너랑 계약했으니까 사양 말고 쓰도록 해!"

"고마워."

말투는 험하지만 전향적인 대답에 안심했다.

"그럼, 간다―!"

빌레나가 그렇게 말하더니 바로 흔들리며 사라졌다. 오랜만에 본 전속력이었다. 역시 아직은 눈으로 좇지는 못하는구나.

아니, 빌레나 쪽이 빨라진 걸지도 모르겠다.

"그럼 나도 갈까."

둥실 몸이 떠오르는가 싶더니 풍경으로 녹아들듯 사라지는 티에라. 아무래도 자연이 많아지면 많아질수록 정령 마법은 힘을 발휘하는지, 이 정도로 사람들의 마을에서 떨어지는 편이 힘을 발휘할 수 있다는 것이었다.

"그럼 나중에 봐요."

리리도 날개를 펼쳐 날아오르고, 바론도 시선을 맞추고 끄덕이더니 달려갔다.

이 멤버에게 둘러싸인 탓에 자신이 없다고는 해도, 바론도 이곳에 있는 모험가들과 비교하면 압도적인 힘을 가지고 있으니까.

여기까지 와서 뿔뿔이 행동, 그런 일종의 폭거에 나선 우리에게 주위의 모험가들도 놀랐지만 이동을 개시한 것만으로 납득을 시켜버렸다.

정말로 새삼 굉장한 멤버와 함께 있다고 실감하게 되었다.

"어라? 벨은 출발 안 해?"

"조금 도와줄까 싶어서 말이다.

벨이 웃었다.

"주인, 좋은 걸 가르쳐주지."

"좋은 거?"

"이 승부에 대한 내 예상이다. 아마도 평범하게 한다면 티에라가 이겨."

그건 고맙다. 그러면 딱히 무언가 할 필요는 없는 듯 느껴졌다.

"가장 좋은 결과라고 생각하는데."

"진심으로 하는 말이냐?"

내 말에 어이없어하는 벨.

"빌레나랑 리리, 저 두 사람의 친구인 만큼 충분히 경계할 대상이겠지. 나는 보지 않았지만, 저 녀석이 첫날밤을 얌전히 일반적으로 맞이했다고는 생각하지 않는다만 어떠냐?"

"아……."

그러고 보니 갑자기 야외 플레이였구나…….

게다가 터무니없는 마법 낭비였다. 확실히 빌레나 같아…….

"숫자로 따지자면 나라도 이길 수 있을지도 모르겠다만, 평가 액수로 겨룬다면 저 엘프한테 이길 수 있는 건 주인뿐이야."

"내가?"

어째서 그럴까 싶어서 벨을 봤다.

"그만큼 이 장소에서 정령 마법은 강력해. 주인의 새로운 사역마를 제대로 소화하는 것도 중요하지만……."

"흐흥. 내가 있다면 괜찮아!"

리아밀은 득의양양하게 없는 가슴을 폈지만, 벨은 그것을 무시하듯이 이렇게 말했다.

"전부 테임해버려라. 그리고 그대로 수납 주머니에 채워 넣으면 된다."

"어……? 아니, 애당초 생물은……."

수납 주머니는 빌레나한테 받은 것을 쓰고 있는데, 이건 생물을 그대로 넣을 수는 없게 되어 있을 터.

수납 주머니는 그런 것, 이라는 인식이었는데…….

"그 주머니는 공간 마법의 응용이니까."

"응?"

"이걸 쓰도록 해라. 그러니까 저거다. 서비스라는 녀석이겠군."

그러면서 벨이 웃었다.

벨이 던지듯이 건넨 것은 수정 구슬 같은 구체.

수납 주머니와 같은 성질을 가졌지만, 주머니와 달리 입구도 뭣도 모르겠다.

"비틀면 쓸 수 있다. 테이머라면 생물도 마음대로 넣고 뺄 수 있다고."

"그건……."

통상적인 수납 주머니의 성능을 크게 벗어나는 아이템…… 수납 구슬 같은 식으로 말해야 할까.

수납 주머니 하나로도 B랭크 정도 모험가라면 평생에 걸쳐서도 손에 넣을 수 없는 가치가 있는데…….

"몬스터 소환이 아직 완전하지 않은 주인에게는 괜찮은 아이템이겠지?"

"어어…….."

시장에 나온다면 값어치가 얼마나 붙을지 알 수 없을 정도로 규격 밖의 아이템이다.

"내 주인이라면 이 정도는 소화해야지, 안 그럼 곤란하다고?"

그러면서 순식간에 보이지 않는 곳까지 날아갔다.

"이래서야 나도 열심히 할 수밖에…….."

"나도 저 정도는 할 수 있으니까! 가자!"

리아밀이 어째선지 경쟁하듯 그렇게 말하며 옷을 잡아당겼다.

"큐쿠―――――!"

"큐옷!"

리아밀의 말에 웃으며 카게로와 큐르케를 쓰다듬고, 우리도 출발했다.

◇

"그러고 보니 승부를 도전한 모험가들은 어떻게 할 생각일까?"

"큐?"

이동하며 생각했다.

카게로는 이미 두르고 있으니까 직접 대화가 가능한 것은 큐르케와 리아밀이다. 큐르케는 복부 주머니에서 얼굴을 내밀고서 고개를 갸웃거렸다.

"먼저 움직인 건 저 모험가—— 비샤 파티였는데…… 우리 파티가 산으로 들어온 걸 생각하면, 주변 일대를 이미 모두 사냥했더라도 이상하진 않잖아……?"

"큐큐!"

서두르라고 그러듯이 큐르케가 목소리를 높였지만 그래 봐야 어쩔 도리도 없다.

그보다 이미 이제까지의 나를 생각한다면 빠르구나. 스피드는 엄청 나오고 있었다.

그리고 시야 구석으로 순백의 무언가가 가로질렀다. 아직 정상 부근에 다다르지 않은 것을 생각하면 동떨어진 개체일 테지만, 목표와 벌써 만났나 보다.

"일단 몸풀기로는 괜찮겠지! 간다고!"

"저걸 붙잡는 거구나?"

"큐!"

눈토끼는 한 마리라면 재빨리 도망치는 성가신 상대다. 그러면서 촐랑촐랑 얼음 속성 공격을 날린다.

작은 몸에서 펼치는 마법이지만 카게로가 없는 나라면 맞은 부분에 따라서는 치명상이 될 수 있는 공격이니까 좀처럼 방심할 수는 없다.

하지만——.

"테임."

"?!"

눈토끼의 도주는 그곳에서 끝났다.

얌전히 이쪽을 돌아보더니 의아하다는 듯 연신 고개를 갸웃거리면서도, 이쪽으로 조금씩 다가왔다.

"좋아좋아, 일단 성공이네."

"큐!"

이 정도 상대라면 약화하지 않더라도 가능하지 않을까 싶어서 시험해봤는데 가능했나 보다.

벨의 지시에 따라 그대로 생물체를 수납 구슬에 넣으려고 움직인 참에, 옆에서 끼어들었다.

"오, 당첨이네 이거. 가장 약한 녀석이야."

나타난 것은 조금 전 비샤 뒤에 있던 녀석이었다. 셋이다.

"이런, 이 녀석은 나, 기리스 거라고. 널 덮치려고 했으니까 구해줬다. 이의는 없겠지?"

그러면서 이미 테임이 끝나서 움직이지 않던 눈토끼를 밟아서 짓뭉갰다.

"이 자식……."

"오…… 해보자고? 난 괜찮다고. 이 기리스 님께서 A랭크 모험가님께는 거스르면 안 된다는 걸 가르쳐주면 그만이야."

이런 환경에서 A랭크를 자랑하는 부분이 빤한 수준이라는 상황인데…….

아무래도 이런 느낌이라면 각자 가로채는 쪽으로 움직이는 모양이네.

납품 의뢰에 테임은 보통 사용하지 않지만, 이번에는 애완 목적으로 유통시켜도 문제가 없을 거라 생각해서 사용했다.

결과적으로 한 마리, 헛되이 목숨을 잃었다는 사실에 짜증을 느꼈다.

"잠깐! 그냥 떠들게 둘 거야?"

리아밀이 귓가에서 외쳤다.

리아밀에게 얼굴을 가져다 대고 작은 목소리로 이렇게 대답해 뒀다.

"내가 상대하는 건 이 녀석들이 아니라 우리 파티 멤버니까⋯⋯. 여기서 시간을 뺏기고 싶지 않아."

그건 그렇고 불쌍하네⋯⋯. 나 말고 다른 쪽으로 간 사람들⋯⋯.

"우리랑 승부라니 너무 까부는 거 아냐? 너도 그렇게 생각하지?"

"그렇지?"

일단 이야기를 맞추어주고 빨리 벗어나기로 하자.

이 기리스라는 남자는 내 쪽으로 와서 정말 다행이라고 생각한다. 빌레나라든지 그쪽으로 갔다면, 이런 장소인 만큼 아무런 위화감도 없이 행방불명자가 늘어났을 테지.

"자, 그럼 내가 고생해서 잡으려고 해도 눈토끼는 내 쪽으로 온다. 이게 무슨 뜻인지 알겠어?"

나도 살짝 거슬릴 정도의 상대인데⋯⋯ 무시하고 가려면 단숨에 뿌리칠 수밖에 없나.

"이 승부, 우리한테는 못 이긴다는 거라고!"

나를 둘러싸는 세 사람. 드높이 웃는 남자들 옆을 빠져나갔다.

"……허?"

한동안 달리자 녀석들이 시야에서 사라졌다.

"자…… 그럼 다시 마음을 다잡고……."

다시금 설원으로 들어가서 눈토끼의 모습을 포착하고 멈춰 선 참에, 바로 쫓아왔다.

썩어도 A랭크구나…….

"이 자식…… 날 무시하고 가다니 배짱도 좋잖아."

어떻게 할까.

여기서 카게로와 날뛴다면 바로 전투 불능으로 만들 수는 있겠지만, 모험가들끼리 직접 전투를 벌이는 것은 길드가 엄하게 단속한다. 이 녀석들의 가로채기는 매너 위반이라 당연히 길드도 눈을 번뜩이고는 있더라도, 사적인 싸움과 비교하면 아득히 가벼운 취급이다.

이쪽에서 덤빌 수는 없다.

"자, 그럼 네가 눈토끼를 약하게 만들어주는 걸 여기서 보고 있기로 할까."

털썩 설원에 주저앉는 기리스 일행.

방갈로에 있던 모험가들은 움직이고 있어도 추워 보였던 만큼, 그들의 정령석도 그럭저럭 괜찮은 물건이겠지.

"응?"

"뭐냐? 포기했나?"

기리스가 무언가 말하지만 무시했다. 그보다…….

"어라, 혹시 정령이 직접 봉인되어 있어……?"

"그러네?"

위화감의 정체를 깨달았다.

정령석, 이라고 그러니까 표준적인 물건은 그렇게 만드는 것일지도 모르겠네.

"딱히 저 애들의 입장에서는 대단한 문제가 아닐 거야."

리아밀도 그렇게 말하니까.

뭐, 그건 됐다 치고, 이걸 이용하면 저 녀석들을 쫓아낼 수 있겠는데.

카게로에게 의식을 향했다.

『카게로. 저 녀석들이 가진 정령석 안의 정령보다 네가 더 강하지?』

물어봤더니 당연하다는 목소리가 돌아왔다.

그렇다면 저쪽의 정령석을 컨트롤하고 있는 정령들을 카게로로 억눌러버리면, 길드의 제재 대상이 되지도 않고 쫓아낼 수 있을지도 모른다.

게다가 이쪽에는 리아밀도 있다.

"할 수 있겠어?"

"당연하지. 누구한테 묻는 거야."

그렇게 하면 남는 것은 녀석들이 가로채기를 했다는 사실뿐이다. 증거는 딱히 없지만 다른 어딘가에서 같은 일을 하고 있다면 내가 군이 준비할 필요도 없다고 생각한다.

나는 쫓아내면 그걸로 충분하니까.

"그럼, 하자고."

"큐쿠—!"

"좋아!"

"테임……!"

상대에게 경계를 사지 않도록 작은 목소리로, 하지만 제대로 정령을 불렀다.

리아밀에게 했을 때와 마찬가지. 정령이 상대인 계약도 테임이면 된다.

조건은 리아밀과 카게로가 있는 이상, 필요 없는 것이나 마찬가지. 자아를 제대로 갖고 있지 않은 정령은 상위 정령을 따르는 성질이 있다.

바로 정령들이 따라주었기에 일단 정령석의 기능을 정지하도록 부탁했다.

지시하고 얼마 있으니 기리스보다 패거리들의 상태가 이상해졌다.

"이봐…… 뭔가 갑자기 춥지 않아?"

"그래…… 어째서지…… 우리 제대로 준비하고 왔잖아?"

몸을 떨며 의아한 듯 대화하는 녀석들. 그 모습을 보고 기리스도 위화감을 알아차렸나 보다.

"이봐…… 네놈, 뭘 한 거야."

"뭔가 하는 것처럼 보였나? 한 걸음도 안 움직였다고?"

"뭔가 비겁한 짓을 했을 테지?! 정령석이 안 통하잖아. 젠장!"

그러면서 기리스는 손바닥에서 불꽃을 만들어내어 온기를 취했다.

하지만…….

"카게로, 하자."

"큐쿠—!"

그것조차 카게로의 지배 아래에 놓인 정령에게 저지당하여 불꽃이 얼어붙었다.

"허……?"

"벌이라도 받은 거 아냐?"

"이 자식……!"

"괜찮겠어? 가로채는 건 몰라도 손을 대면 아무리 길드라도 잠자코 있진 않을 거라고?"

"빌어먹을! 됐다. 네놈은 어차피 잔챙이야. 아까도 눈앞에 사냥감이 있는데도 멍—하니 있었을 뿐이니까. 이봐! 이 녀석은 이만 무시하고 내려가자!"

어떻게든 됐나.

그보다…….

"혀…… 형님…… 나 더는 못 움직여…….."

"야?! 젠장."

"숨이…….."

패거리들 쪽은 더 이상 견딜 수가 없는 듯했다.

"빨리 가는 편이 좋겠는데?"

"칫!"

기리스만큼은 움직일 수 있는 모양이라 어떻게든 두 사람을 짊어지고서 방갈로를 향해 떠났다.

　어쨌든 내 방해꾼은 이리하여 일단 원만하게 처리할 수 있었다.

　무척 힘들어 보이지만 방갈로로 돌아가면 회복은 하겠지.

　다른 사람들이 어떤 상황인지 조금 신경이 쓰였지만 뭐, 별다른 일은 없을 거라 생각하며 내 일로 의식을 되돌렸다.

　"이 정도일까……?"

　"충분하지 않을까?"

　방해꾼이 사라지고 얼마 후, 보이는 족족 눈토끼를 테임하고, 게다가 테임한 눈토끼에게 동료를 부르도록 지시를 하거나 둥지로 안내를 시키며 숫자를 모았다.

　딱히 상처 없이 테임을 하기도 해서, 공격적인 자세가 되지도 않고 다들 얌전히 내게 테임되어 주었다.

　"이거…… 전부 애완 목적만으로 가능할까……?"

　일단 동료를 모으기 위해서 지금 나는 설원을 빼곡하게 메운 무수한 폭신폭신에게 시달린다는 일종의 천국 같은 체험을 하고 있었다.

　이렇게 마주하니 귀여운 녀석들이었다.

　테임을 한 이상 재료로서 납품은 피하고 싶은 참이지만…… 숫자가 이미 삼백을 넘었으니까.

　둥지를 노리더라도 열 마리도 없는 곳이 많고, 애당초 발견하는 것에 시간이 걸렸다.

다들 천 단위로는 붙잡지 않을까 생각한다……. 아니, 잘 모르겠지만…….

"뭐, 어쨌든 일단 돌아갈 수밖에 없으니까……."

수납 구슬에 들어가도록 지시하자 줄을 지어 순서대로 뛰어들었다. 역시나 벨 특제, 순식간에 주변의 눈토끼들이 모두 수납되었다.

"좋아…… 그럼, 돌아갈까."

"큐!"

어두워지기 전에 산을 내려가서 모두를 기다리기로 했다.

◇

"린트 군, 늦었네―."

"말도 안 돼…… 왜 다들 여기 있어."

빨리 마무리했다고 생각했는데…….

"후후…… 그건 뭐, 주변의 생체 반응이 사라질 때까지 모조리 사냥해버리면 돌아올 수밖에 없잖아?"

아무렇지도 않은 티에라의 발언이 무섭다…….

눈토끼 절멸 위기다…….

"나도 더 하면 지형이 변할 것 같으니까 어쩔 수 없이……."

빌레나도 뭐, 당연하다는 듯이 터무니없는 발언을 했다. 뭘 한 거야.

아니, 빌레나가 거기서 자제해준 만큼 괜찮은 건가…….

"나도 뭐 비슷한 상황인데, 어둠 마법은 일격 승부니까 말이야. 주변 일대의 눈토끼, 심장을 일제히 뽑았다. 가죽이 조금 더러워졌지만 뭐, 괜찮겠지."

뭐야 그 무서운 흑마법……. 무시무시해…….

그건 그렇고…….

"다들 뭔가 방해꾼은 없었어?"

"이거, 말이죠?"

리리가 그렇게 말했다. 가리킨 방향을 봤더니 지면에서 자라난 목 같은 것이 보였다. 괜찮아, 아직 살아있다, 라고 생각한다.

"장난을 좀 치려고 그러니까 흙 속성 정령에게 감시를 시켰는데, 추워서 굳어버렸나 봐."

"그렇구나……."

리리가 아니라 티에라가 했나…….

벨을 보니 그러니까 말했잖아, 그런 눈으로 나를 봤다.

확실히 티에라도 조금, 평범하지 않구나.

"바론은 어땠어?"

"어…… 나한테 온 게 가장 불운이었을지도 모르겠군."

"그래?"

"힘 조절을 할 여유가 없다……고 생각해버려서."

바론이 겸연쩍은 듯 말했다.

생각해버렸다, 라는 말은 힘 조절을 할 필요는 있었다는 이야기구나. 그곳에 S랭크를 넘어서는 수준의 풀 파워가 있었다고 생각하면 확실히…….

"나는 닥치는 대로 때렸으니까 어쩌면 섞여 있었을지도 모르지만, 딱히 신경 쓰이진 않았으려나―."

"빌레나답네……."

"난 제대로 대상을 골랐으니까!"

"당연하지! 지나가다가 심장을 뽑혀서야 되겠냐!"

벨의 너무나도 당연한 주장에 딴죽을 걸었지만, 그런 것치고 벨에게 갔을 터인 인간은 모습이 보이지 않았다.

"내 마법을 보고 바로 도망쳤으니까 말이다. 딱히 아무것도 안 당했어."

"그런가…….."

"저도 비슷한 걸까요."

뭐 어둠 마법, 게다가 스페셜리스트인 벨의 진심은 조금 오싹하겠지. 기분은 알겠다.

어째서 리리가 같은 취급인지…… 아니, 어찌어찌 상상은 가니까, 무서우니까 생각하지 않기로 했다.

마침 좋은 타이밍에 날 방해하러 왔던 기리스가 다가왔다.

납득이 안 된다는 표정과 패거리를 거느리고서.

"이게 뭐야…… 대체 무슨……."

"어, 으―음, 무슨 파티의……."

빌레나는 이미 이름도 기억이 나지 않나 보다. 티에라가 거들어주었다.

"백화의 영웅, 서브 리더였던가?"

"어, 어어……."

마침 그곳으로 리더인 비샤도 다가왔다.

"어……."

이건 아마도…… 빌레나한테 걸려서 날아갔을까.

얼굴이 엄청 부어올랐다.

"비샤 씨! 넘어졌습니까?"

"칫…… 뭐, 그런 거야."

"운이 나빴네요."

확실히 운은 나빴을지도 모르겠다. 빌레나한테 갔으니까 말이지…….

"뭐, 그건 조만간에 나을 테고, 들어보세요! 이 녀석들, 승부라고 그랬으면서 한 마리도 안 갖고 있다고요."

리더가 다가와서 기운을 되찾았는지 경박한 미소를 짓고서 근처에 있던 티에라에게 트집을 잡았다.

"어─, 그렇구나. 응응, 역시 고라 산맥은 위험하지? 모험가의 묘지라고 불릴 정도니까."

티에라는 막지 않고 뒷이야기를 재촉했다.

"그런가그런가. 이미 승부가 어쩌고 할 겨를이 아니라서 다들 돌아와 버렸구나. 어쩔 수 없다고, 아직 일렀을 뿐이니까! 안심해도 된다, 난 몇 마리인가 제대로 가져왔으니까."

그러더니 가방에서 처리한 눈토끼를 몇 마리 꺼냈다. 다만 초보의 눈으로 보더라도 좋은 상태라고는 여겨지지 않았다. 뿔이 부러지거나 가죽이 더러워졌거나…….

"그래서, 그것뿐일까?"

"허?"

"저기, 보아하니 A랭크 파티 백화의 영웅의 전과는 그 세 마리 눈토끼, 라고 이해하면 될까?"

"어? 어——…… 그렇군. 동료가 조금 더 가져다줄지도 모르겠지만…….."

말끝이 흐려지는 기리스.

티에라가 굳이 주변에 들리도록 상황을 해설하고 있으니까 주목도도 높아졌다.

"그럼 그 동료를 기다리면 될까?"

"어, 어어…… 아니, 어차피 이미 승부가 어쩌고 할 때가 아니겠지? 그렇다면 우리 전과도 이걸로 충분하니까. 뭐, 기다리던 벌칙 게임은 다들 모인 다음에 해도 될지도 모르겠지만. 아, 걱정하지 않더라고 그렇게 지독한 건 안 할 테니까 말이지?"

언질은 잡았다.

"그럼 각자, 결과를 발표할까."

"그러네—."

"평가 액수는 몰라도 숫자로는 지지 않을 거야."

"저도 숫자는 자신이 있어요."

"……나는 뭐, 세 마리보다는 낫다."

대화의 의미를 이해하지 못하는 기리스와 비샤가 어리둥절한 표정을 말을 건넸다.

"허? 다들 포기하고 돌아온 게."

"그거, 돌려줄게."

"어? 히익……."

그리고 처음으로, 파묻힌 그들의 동료를 보여주는 티에라. 그때까지는 정령 마법으로 모습을 감추고 있었나 보다.

"뭐야…… 이건?"

"사냥을 방해하고 사적인 싸움을 거니까 어쩔 수 없이 상대해 줬어. 바로 치료하지 않으면 원래대로 돌아가지 못하겠지."

"무슨…… 세상에…… 이런 걸 어째서…… 아니, 어떻게……?"

티에라가 미소와 함께 던진 말은 그 질문의 해답이 아니었다.

비샤가 허둥대며 의지할 곳이 사라진 기리스를 봤다.

"이 자식! 또 뭔가 한 거냐!"

기리스가 내게 달려들려고 했지만…….

"잠깐만! 또라니 뭐야?! 게다가 자세히 보니 너한테 붙은 녀석들도……."

"어머…… 치료가 필요하겠네, 그쪽도."

그때 정령석을 빼앗은 패거리는 안색이 나빴다.

지금 떨고 있진 않은 것은, 이 거점으로 와서 일단 예비용 정령 석을 발견했을 테지만…….

"승부의 결과는 우선 나만으로 정리될 것 같으니까 그걸로 끝 낼까."

바론이 그러면서 앞으로 나서더니 수납 주머니에서 눈토끼를 꺼냈다.

한 마리밖에 안 보여서 그런지 비샤는 아직 득의양양한 표정이 무너지지 않았다.

"오오…… 제대로 잡아왔── 어?"

바론이 꺼낸 눈토끼는 밧줄로 이어져 있어서 줄줄이 전모를 드러냈다.

"잠깐…… 어? 몇 마리나 있는 거야?!"

"나 혼자서 스물셋. 이것보다 전과가 한심한 멤버는 없겠지."

바론의 말을 듣고 백화의 영웅 멤버들이 우리를 쳐다봤다.

우리의 표정만으로 바론의 말이 진실임을 알았을 것이다.

"히익……."

"길드에 이래저래 보고해두죠. 참고로 우리, 슬슬 알아차리지 않았나요?"

"어……?"

리리가 그렇게 말하자 폭신폭신 토끼 복장이 빛으로 뒤덮이고…….

"서…… 성녀님……?"

아, 일단 알고는 있었구나.

의상에 현혹되어서 제대로 보지 않았다는 건가.

"설마…… 그럼…… 자세히 보니 이거…….."

"저기 있는 거, 순광이냐?! 세상에…….."

"마침 잘됐네. 너희 대신에 A랭크 모험가를 채울 순 있으니까 안심해라."

벨이 말했다.

"자, 잠깐만?! 당신들이 상대라면 진짜로 우린 처분당한다고?!"

진짜로 당황하기 시작했지만 이미 늦었지…….

"괜찮아요. 결정하는 건 길드니까요."

"용서를……."

"진 사람이 이긴 사람의 명령을 듣는다…… 규칙은 기억하고 있겠죠?"

"어…… 아……."

"이 자리에서 은퇴를 시키더라도 괜찮겠지만…… 일단은 쓸데없는 짓을 하지 마라, 만으로 마무리할게요."

"뒷일은 길드한테 달려 있겠군."

리리의 미소와 벨의 말에 대답할 기력은 이미 그들에게는 남지 않았다.

◇

"다녀왔어―."

"……고라 산맥에 갔잖아? 어째서 당일에 복귀를…… 아니, 됐어. 너희한테 물어보는 건 쓸데없는 짓이지."

플레멜의 길드로 돌아오자 쿠엘이 맞이해주었다.

빌레나가 문을 열었을 때 이미 준비하고 있었던 만큼, 상황을 계속 살피고 있었을 테지.

"납품이로군. 마침 잘 됐어. 신인한테 맡길까."

"S랭크 모험가님의 납품은 긴장되네요……."

나타난 것은 본 적 없는 여성 길드 직원.

아직 어리고, 눈에 보이게 긴장하고 있었다.

"린트 군이 루미 군을 돌려줄 것 같지 않으니까 말이야. 채용하기로 했지…… 뭐, 그건 농담이고. 사실은 네 영지에서 응모하러 온 우수한 사무원을 하나 받았어."

"아―."

"루미 군이 배려를 해줘서 말이야…… 아니 뭐, 이건 루미 군이 이쪽으로 좀처럼 돌아올 수가 없다는 메시지이기도 하겠지만……."

복잡해 보이네…….

뭐, 확실히 우리 영지는 다양한 사람을 모집 중이고, 전원을 고용할 수는 없겠지만 우수한 사람도 많다고 루미 씨가 그랬으니까.

마침 잘 된 일이겠지.

"아! 말씀드리는 게 늦었네요! 아야리예요! 잘 부탁합니다!"

한마디 할 때마다 머리카락이 팔짝팔짝 뛸 정도로 움직임이 있어서 귀여운 사람이었다.

"일단 감정도 가능하니까 오늘은 대응을 하겠지만…… 으으…… 갑자기 S랭크…… 긴장이……."

"감정사인가. 굉장하네."

"아뇨아뇨! 대단한 일도 아니라고 할까…… 으으……."

아야리 씨는 자신이 없어 보였지만 감정이라는 건 무척 굉장한 스킬이란 말이지.

아니 뭐, 길드는 평가 액수를 결정하기 위해서 필요하다는 것도 알고, 롬 노파같이 터무니없는 감정 능력과는 또 별개라는 건 알지만…….

자신 없는 듯 겸손하게 말하는 아야리에게 빌레나가 씨익 웃으며 말을 건넸다.

　"후후. 나만이 아니라 다른 멤버도 굉장하다고 생각한다고?"

　"예, 제대로 각오할게요. 그래서, 납품할 물건은 어디에?"

　"지금부터 꺼낼 건데…… 여기서 하면 되겠어?"

　"일단 물어보겠다만…… 합계 몇 마리지?"

　쿠엘의 말에 파티 멤버가 시선을 마주쳤다.

　그러고 보니 각자 아직 숫자를 모르는구나…….

　"내가 오백 정도니까 다들 그 정도 아닐까."

　"오백?!"

　아야리 씨가 놀라서 외쳤다.

　"난 아까 꺼낸 것뿐이다. 숫자가 이상한 건 다른 멤버들이겠지."

　"나도 그 정도까지는 아니라고?"

　"하지만 가장 장소가 필요한 건 주인이겠지."

　"저기…….."

　우리가 제멋대로 떠드는 탓에 아야리 씨가 따라오지 못했다.

　"너희들…… 파티로 가서 놀고 왔구나?"

　무엇을 하고 왔는지 대략 이해했을 테지.

　"냐하하."

　"하아……. 밖에 장소를 만들지. 아야리 군, 도와줄 수 있을까……. 그보다, 긴급 의뢰를 낼 테니까 길드에 있는 모험가 몇 명을 써도 될지도 모르겠군."

　그러면서 쿠엘이 나가려던 참에…….

"돌아왔어요…… 뭔가 좋지 않은 예감이 들어서…….”

"루미 군! 다행이야…… 정말로.”

입구에서 루미 씨가 나타났다.

"루미 씨─!”

가장 먼저 아야리 씨가 달려갔다. 울며 매달리듯이…….

"하아……. 마스터. 갑자기 린트 씨의 파티를 맡기면 허용량이 넘치는 건 빤히 알 수 있잖아요!”

"으윽…….”

"안심하세요, 아야리 씨. 이 사람들이 이상한 것뿐이지, 평소의 업무는 어떻게든 되니까…… 길드는…….”

"으으…… 영지 채용이 아니라 이쪽이 되어서 다행인 것 같아요…….”

무언가 이런저런 말을 하는데, 각자 다소 자각은 있는지 아무 말도 않고 그런 대화를 지켜봤다.

다시금 밖에 장소를 만들고서 납품하게 되었다. 엄밀하게 말하면 그 전의 감정을 위한 것이지만…….

"그럼 나부터 갈까!”

빌레나가 수납 주머니에서 눈토끼의 **소재만** 꺼냈다.

"이건…….”

"헤헤─. 열심히 했지?”

이미 처리해서 왔나.

확실히 이러는 편이 평가 액수는 더 높겠지. 편할 테니까.

게다가 이것은 눈토끼의 각 부위의 가치를 어느 정도 아는 빌레나이기에 가능하다고 할 수도 있었다.

가장 귀중한 뿔은 상처가 없지만 아마도 가죽은 일부 불에 탄 것도 있을 테고, 고기를 쓸 수 있을지 의심스러운 부분도 많았을 것이다.

사전에 처리해두면 보기에 좋으니까.

숫자는 선언한 것처럼 언뜻 보기에 오백 마리 정도겠지.

"숫자는 졌네."

"저도 그래요."

"뭐, 그렇다면 내가 숫자에서는 이긴 모양이로군."

티에라와 벨이 각자 그렇게 말했다. 셋 다 최종 결과로 질 생각은 없다는 마음이 여실하게 보였다.

"그래서, 주인은 어떠냐?"

"숫자는 전혀 못 이기겠네."

아마도 삼백 마리 정도다.

그렇지만 내 건 살아있으니까 가치는 또 달라지겠지.

"후후. 보아하니 결과는 좋을 것 같구나."

우리가 그런 대화를 나누는 동안에 루미 씨가 얼른 무언가를 기입했다.

"정말로 일 처리가 빨라……."

"그렇지? 이걸 그가 가져가 버렸다고."

"저기…… 혹시 저한테도 이걸 원하시는 게……?"

"둘 다 도와줘요! 빌레나 씨 납품은 깔끔한 상태라서 어림셈은 바로 낼 수 있지만 다른 사람 것도!"

"아, 예! 죄송해요…… 여러분도…….."

아야리 씨가 허둥지둥 우리에게 말했다.

"알았어."

"예."

"그러지."

각자 수납 주머니에서 꺼냈다.

"오오…….."

티에라가 꺼낸 것은 이미 그대로 무기점에 납품할 수 있을 만큼 깔끔하게 해체되어 있었다. 고기도 이미 가게에서 보는 것과 같은 수준으로 나뉘어 있었다.

빌레나도 어느 정도 해서 왔지만 이건 이미 레벨이 달랐다.

"같은 생각을 했나―."

"후후. 내가 더 잘하니까, 이런 건."

빌레나가 분하다는 듯이 말하는 것을 봐서 두 사람의 승패는 결정되었을 테지.

"이건…… 굉장하네요."

루미 씨가 놀랐다.

"정령 마법…… 게다가 이런 정밀도…….. 주인님은 이래저래 배울 수 있겠네요."

"그래! 지면 어쩔 거야?!"

리리와 리아밀이 압박을 가했다.

"후후. 나는 언제든지 뭐든 가르쳐줄게, 서방님."

"잘 부탁합니다……."

이어서 벨. "

"이것도…… 그렇군요, 깔끔하게 심장과 그 밖의 부분으로 나뉘어 있네요."

납품한 물건을 본 아야리 씨가 말했다. 단번에 간파하다니 역시나 감정 스킬 소유자구나.

감정 스킬을 가진 사람이 굳이 이런 시골의 길드에 있다는 사실에 위화감이 있지만…….

내 표정을 보고 루미 씨가 보충했다.

"본부에서 보조가 나오거든요."

"그런가……."

"예. 원래 플레멜은 고위 모험가가 모이고, 그곳에 린트 씨랑 S랭크 모험가들이 거점을 세웠다는 게 커서……. 게다가 앞으로 개척이 진행된다면 이곳은 이제 변경지가 아니라 신국과 왕국을 잇는 중요한 거점이 될 가능성도 있으니까요."

그럴 정도인가…….

하지만 뭐, 루미 씨가 아야리 씨는 길드로 돌린 이유는 알겠네.

우리 영지에서는 이 힘은 낭비일 것이다.

"그렇지만 이런 굉장한 사람, 린트 씨가 없었다면 오지 않을 테지만요."

루미 씨가 웃었다.

그런 대화를 나누는 사이에도 감정이 척척 진행되었다.

숫자로 따지면 티에라가 사백 정도, 벨은 아마…… 칠백 정도겠네.

"굉장한 숫자네요…… 눈토끼 퀘스트는 슬슬 마감을 해야……."

아야리 씨가 말했지만……."

"괜찮겠지. 이 퀘스트에 다른 S랭크가 움직였다는 이야기는 못 들었고, 보통은 이런 숫자가 한 번에 움직이진 않아."

"그렇군요……. 그래서, 린트 씨는……?"

루미 씨의 말에 내게 주목이 모였다.

"아, 여기서 꺼내도 될지 망설여져서……."

바로 의미를 이해한 것은 벨뿐이었다. 다른 멤버들은 벨한테 이것을 받았다는 것도 모르니까.

"혹시 서방님, 산 채로……?"

"숫자는 어느 정도냐, 주인."

"삼백 정도."

"도망치지 않는다면 괜찮겠지."

주위에 구경하러 온 모험가들이 있으니까 일단 물어봤지만, 뭐 상관없나.

"그럼……."

"해버려, 린트 군—!"

빌레나의 구령에 맞추어 수납 구슬에서 눈토끼들을 풀어놓았다.

"역시…… 린트 경이 나와 마찬가지로 자신 없어 하는 건 이상하군."

바론이 말했다.

"이건…… 아무래도 좀 졌는데."

"와앗…… 자, 잠깐만 기다려주세요. 혹시 모르니까 주위에 주의를──."

아야리 씨는 당황했지만…….

"필요 없어. 여기에 이만한 멤버가 있으니까."

쿠엘의 말에 응하듯이 벨이 무언가 영창하기 시작했다.

어느샌가 주위에 마법진이 떠오르고, 흑마법이 전개되었다. 공간을 지배하는 마법이었다.

밖으로 나가려고 뛰어나온 눈토끼가 빨려들듯이 벽으로 사라지고 곧바로 반대쪽 벽에서 튀어나왔다.

"오─, 이거 재미있어!"

"그만두지 못하겠느냐! 네 이동은 마력 부담이 너무 커!"

빌레나가 뛰어들려다가 벨에게 혼이 났다.

당사자인 빌레나는 금세 분위기를 바꾸어서 이렇게 말했다.

"이건 이미 볼 필요도 없이 린트 군의 승리겠네─."

"서방님, 이런 일까지 가능했군요."

"말했잖아? 주인."

벨이 득의양양하게 말했다.

그럴 만큼 확실하게 차이가 났나 보다.

"어림셈은 바로 낼 수 있지만 정확한 액수는 훗날 확정하는 형태면 될까요?"

"괜찮아―!"

그렇게 일단 승부는 내 승리로 정해졌다.

참고로 백화의 영웅은 그 후, 고라 산맥에서의 악질적인 사냥터 점유 행위가 문제시되어 파티가 한꺼번에 강등 처분을 받았다나.

강등 처분은 제쳐놓고 이래저래 배상이 발생하거나 이번 일로 **지독한 일**을 겪은 동료 회복을 위해서 사용한 돈 때문에, 고라 산맥에서의 벌이로는 전혀 채울 수 없을 만큼의 손실을 입었다고 한다.

특훈과 성과

"다녀왔어—!"

"또 시끄러운 게 돌아왔네."

플레멜 길드에서 나와 간신히 집으로 돌아왔다.

퉁명스럽지만 미소로 밀라 씨가 맞이해주었다.

착실하게도 제복인 저 아무것도 가려지지 않는 메이드복을 입은 채로 청소 도구를 들고 있는 갭에 살짝 흥분했다.

"뭘 빤히 보는 거야……?"

날카로운 눈빛으로 나를 노려봤다.

"후후. 주인님은 이후로, 저희에게 뭐든 **부탁**할 수 있다고요?"

리리가 미소 지었다.

그랬다. 그 승부는 내가 이겼다.

지더라도 나은 상대가 이겼으면 좋겠다고만 생각했으니까, 내가 이겼을 때는 전혀 생각하지 않았다.

"서방님의 **부탁**, 기대되네."

묘하게 허들이 올라간 것 같다…….

내가 그쪽으로 정신이 팔리자 빌레나가 밀라 씨한테 갔다.

"냐하하—! 이번에는 선물 없지만 말이지."

"매번 줄 필요 없어. 그보다 나, 급료보다 선물값이 더 커지고 있는데……."

복잡한 모양이었다.

"다녀오셨습니까, 주님."

어느샌가 다가온 시케스가 곁으로 와서 머리를 숙였다.

"시케스, 이상 없었어?"

"예."

시케스가 집에 있어주는 안심감은 굉장하구나.

단독 전력으로 적어도 A랭크 수준. 테임의 영향을 생각하면 S 랭크 수준으로 강한 인간이 집을 지켜주는 것이다.

게다가 원래 암살자. 주변의 상황을 파악하는 능력에도 특화되어 있고.

밀라 씨나 루미 씨도 살게 된 이상, 이런 건 크다.

"루미 씨는 한동안 길드에 있겠다고 그러던데, 이쪽은 괜찮겠어?"

개척을 위해 이미 사람이 움직이고 있다.

루미 씨가 길드와 이쪽을 오가니까 밀라 씨도 이것저것 봐주게 되었다. 어쩌다 보니까.

"그래. 내가 보고 있는 한은 문제없을 것 같아. 그보다 네가 어 떻게든 하라고!"

밀라 씨의 말이 지당했다.

조금 전의 대화로 루미 씨는 한동안 길드로 돌렸으니까 이쪽은 고용한 사람들에게 그저 맡기게 될 테고.

뭐, 맡길 수 있을 정도의 사람을 루미 씨가 모아주었고, 이러니 저러니 하면서도 밀라 씨는 상황을 잘 챙기니까.

"그런 이야기라면 신국의 상황도 좀 신경 쓰이네."

"흠. 넌 돌아가도 괜찮을지도 모르겠군. 무슨 일이 있다면 날 부르면 되겠지."

"어라? 바론은 벨을 부를 수 있게 된 거야?"

어느새…….

같은 어둠 마법의 사용자니까 이런 쪽의 상성은 좋을 테지.

나도 전원 테임하고 있는데도 파티 멤버 중에 소환이 가능한 것은 벨과 바론뿐이다.

벨은 당연히 보조가 있어야 하고.

함께 싸워주는 큐르케도 아슬아슬. 반대로 보조를 기대할 수 없는 데다가 몸도 큰 길은 어렵다는 상황이다.

정령은 또 다른 원리니까 리아밀과 카게로는 언제라도 불러낼 수 있지만.

"벨 경의 보조가 있으니 가능한 일이다만."

"어둠 마법에 대한 재능은 역시 이 녀석이 월등하니까. 역시 나도 신국으로 돌아갈까."

"어라? 어째서."

"앞으로의 움직임에서 우선 목숨의 위기에 처할 것은 바론이겠지. 그리고 그런 바론을 가장 효율 좋게 강화할 수 있는 게 나다."

그렇구나.

벨이 바론을 단련시키는 건가.

바론을 다시금 봤는데, 기사 갑주로 몸을 감싼 바론은 지금 마주해도 역시나 강자의 오라로 넘쳤다.

현시점에서는 호각 이상으로 맞붙을 수 있겠지만, 어떻게 될지 알 수 없는 상대다.

"주인님은 티에라와 리아밀이 단련을 하는 건 어떨까요?"

"아, 좋네좋아!"

"그렇군. 정령 마법이구나."

리리의 제안이 두 사람이 찬동했다.

확실히 내 메인은 지금 카게로와의 정령 빙의다.

당초에는 큐르케와의 연계였지만 이제 이 이상 연계를 올리기 위해서는 서로가 강해질 수밖에 없다.

리아밀의 힘은 아직 빌린 것이라는 감각이 강해서 미처 소화할 수가 없고…….

"괜찮은 느낌의 파티가 되고 있어—!"

빌레나가 잔뜩 들떴다.

당초의 목표인 S랭크 파티도 이제는 꿈이 아닌 것은 물론, 그저 시간문제이니까.

"길도 강해질 수 있다면 좋았을 텐데."

"드래곤 육성 방법, 잘 모르니까 말이지."

그 부분이다.

길도 현재의 이동 요원 역할을 그저 받아들이기만 하는 것은 좋지 않다.

그렇지만 현 상황에서는…….

"주인님이 강해져서 테임의 은혜를 주는 것 정도밖에 없겠네요."

"뭐, 그래도 충분히 흔한 드래곤과는 비교도 안 된다만."

"너희가 가는 곳마다 이상한 일이 벌어지는 게 잘못이야."

바론과 벨의 옹호도 정곡을 꿰뚫었다.

"뭐, 조만간에 강해지겠지—."

빌레나의 낙관적인 감각에 지금은 동의할 수밖에 없겠네.

"그럼 길도 빌려 가지."

"그래. 조심해."

벨과 바론은 그대로 신국으로 향했다.

"그럼 서방님, 할까."

"잘 부탁해요."

"우리는 개척을 도우러 갈까요."

"그러네—! 저 아이들하고도 놀고 싶으니까!"

빌레나가 말하는 저 아이들은 아마도 주변 경호를 해주는 그랜드 울프들이겠지.

티에라를 쫓기 위해 엘프가 보낸 몬스터였지만, 내가 테임한 이후로 빌레나 쪽이 완전히 친해졌다.

"큐! 큐!"

"큐르케도 저쪽으로 갈래?"

"그게 좋을지도 모르겠네요. 한동안 주인님은 정령 마법과 정령 빙의 특훈일 테니까."

"큐—!"

큐르케도 특훈할래! 라는 의지를 드러냈다.

"그럼 서로 열심히 할까."

"큐!"

큐르케와 주먹을 맞부딪치고 각자 헤어졌다.

"그럼 일단 각자 열심히 하자."

"오—!"

사실은 이러니저러니 해도 귀찮아 보이는 영주로서의 일에서 도망칠 수 있으니 운 좋다는 기분으로, 티에라와 특훈을 하러 가는 것이었다.

◇

"죽겠어……."

"괜찮다고? 바로 옆에 리리가 있으니까."

특훈, 이라는 이름의 지옥이 시작되고 아마도 한 시간……도 지나지 않았다.

그런데도 너덜너덜해졌다.

내 옆에는 기진맥진한 카게로와, 얼핏 모양새만큼은 유지하면서도 한계를 맞이한 리아밀이 있었다.

"빌레나의 특훈이라도 조금은 더 다정했던 것 같아……."

죽겠다고 말한 뒤에 리리의 이름이 나오는 것이 이상했다.

리리조차 만에 하나 죽는다면 치료하겠다고 했을 뿐, 죽는 것을 전제로 특훈한 적은 없다.

빌레나도 그렇지……?

"그럴까? 저 아이, 이상한 장소로 갑자기 끌고 가서 죽어도 이상하지 않을 짓을 당하진 않았어?"

"그건……."

D랭크인 나를 처음으로 데려간 곳이 길이랑 카게로가 있는 곳이었으니까 정말로 그랬다.

게다가 잘 생각해보면 그때는 리리가 없었으니까, 정말로 목숨이 걸려 있었다.

마치 보고 온 것 같이……

"그런 점에서 나는 죽지 않도록 하고 있어."

"아슬아슬하게 죽지 않는 수준으로 항상 밀어붙인다는 게 벅차……"

"큐우……"

"나, 난 아직 할 수 있어."

만신창이인데도 허세를 부리는 리아밀.

이것도 내가 죽어가는 원인 중 하나라서……

"리아밀이 그렇게 말한다면 할 수밖에 없겠네……"

"큐쿠ㅡ."

기진맥진해서도 어떻게든 일어섰다.

"좋은 신뢰 관계구나."

시원스러운 미소로 웃는 티에라가 무섭다……

이제까지와 하는 일은 같았다.

"간다?"

티에라가 마법을 날리고 우리가 그것을 견딜 뿐.

"윽?!"

당연히 맨몸이어서야 나는 한순간에 죽어버리니까 카게로를 빙의하고 있었다.

하지만 티에라의 마법은 그것만으로는 부족했다.

리아밀과의 연계가 필요하지만…….

"제대로 맞춰! 여왕님의 마법이니까 어중간한 수준으론 무리라고?!"

"그건 그렇지만…… 큭?!"

하려는 것은 정령 빙의의 **중첩**.

불꽃이 이미지화한 카게로와 달리 리아밀은 확실한 형태가 있는 미소녀다.

두른다는 이미지가 떠오르지 않는다는 문제도 있고…….

"어머, 한계일까?"

"아……."

의식이 날아갔다.

티에라의 마법 탓이 아니다.

내 허용량의 문제다.

"서방님은 테임의 허용량은 무진장인 모양이지만, 이쪽은 역시나 한계가 있네."

의식을 잃은 시간은 아마도 한순간이겠지.

정신이 들면 이렇게 티에라가 무릎베개 위에서 말을 건네어주는, 그런 일을 반복하고 있었다.

이 무릎베개가 없었다면 조금 더 일찍 좌절했다고 생각한다.

"테임과 같은 원리라면…… 신뢰 관계가 부족한가……?"

내 테임이 사실상 허용량의 제한이 없는 이유에 대해서는, 별의 책이나 다른 사람들과의 대화를 통해서 신뢰 관계라는 이야기가 몇 번인가 나왔다.

통상적인 테임은 힘으로 억누르니까 테임의 소양—— 그러니까 허용량까지만 거느릴 수 있다.

하지만 신뢰 관계를 베이스로 한다면 테임은 허용량을 깎아내지 않고 관계를 구축할 수 있다……는 식의 이야기였을 터.

정령 빙의도 카게로를 제대로 믿지 못했던 탓에 힘을 발휘하지 못한 적이 있었다.

이것이 원인인가 싶었는데…….

생각에 잠겨 있었더니 티에라가 자신의 경우를 가르쳐주었다.

"내 마법의 원리는 그러네…… 정령들에게 도움을 받고 있으니까, 정령들에게 내가 어떤 존재인지가 중요할까."

"어떤 존재인가……?"

"그래. 나는 여왕. 그에 부끄럽지 않다는 자부심을 가지고 정령을 사역하지. 숲속에서만 싸울 수 있는 존재가 아니라 좀 더 절대적인 존재라며 자신을 믿어 의심치 않아……."

믿어 의심치 않는다……인가.

"그래. 너는 좀 더 자신감을 가지고 나를 쓰면 되는데, 나한테 맞추려고 하는 게 잘못이야. 애당초 맞추는 건 특기가 아니니까 나한테 맡기면 되잖아!"

무릎베개 그대로 티에라를 올려다보던 내 시야를 가로막듯이 리아밀이 뛰어들었다.

"후후. 서방님은 자신감이 없는 게 과제, 라고 리리도 그랬어."

"그건 말이지……."

아무래도 주위와 비교하고 마는 것이다.

이런 터무니없는 동료들과.

"사고방식을 바꾸면 어떨까. 서방님이 있기에 이 파티는 성립되고 있어. 전원이 테임의 은혜로 강해진 건 틀림없어. 서방님이 없다면 파티 전체가 얼마나 힘을 잃을지 생각한다면, 조금은 실감이 생길까."

"그건……."

생각한 적은 없었구나.

"빌레나도 뿔을 잃고, 리리는 날개를 잃어. 나도 솔직히 테임 없이는 본래의 숲을 벗어나서 이렇게까지 마법을 사용하진 못했어."

"그런가."

"애당초 벨은 서방님이 없었다면 세계를 반쯤 멸망시켰다고?"

"아─……."

바론도 어느 정도 은혜는 받고 있는 것은 안다.

물론 이것은 나만의 힘이라기보다 파티 안에서 강화의 사이클이 돌고 있기 때문이지만……. 빌레나를 테임해서 나와 빌레나가 강해지고, 그만큼 리리가 강해지고…… 그렇게 조금씩 퍼져서 루프하는 것이다.

다만 그것도 테임의 은혜……인가.

"알았어."

일어섰다.

"후후. 눈빛이 바뀌었네. 좋아한다고. 그런 눈빛."

터무니없이 아름다운 미녀인 티에라가 나를 들여다보듯 그렇게 말했다. 당연히 두근거렸지만…….

"자, 집중해."

"그래."

리아밀이 기합을 다시 불어넣었다.

"카게로. 한 번 더 가자."

"큐쿠―."

카게로를 다시 둘렀다.

믿는다.

동료를, 그건 물론이지만…….

"내 힘을……! 부탁할게! 둘 다!"

"큐쿠―!"

"그래!"

티에라에게서 넘쳐나는 마력에 셋이서 맞선다.

티에라 주위의 공기가 흐트러질 만큼 격렬한 마력. 이런 공격을 맞는다면 드래곤조차 잠시도 못 버틸 것이다.

이제까지 아슬아슬하게 죽지 않을 정도로 견뎌낸 것 자체가 굉장한 일.

물론 그것은 동료 덕분이지만…….

"내 힘도 있으니까!"

"간다고?"

티에라가 중얼거리자 공기조차 일그러뜨릴 만큼 강력한 마력이 밀려들었다.

"윽?!"

손을 뻗어 대미지를 경감시키려고 해도 이미 주변 전체가 티에라의 공격을 위한 마력에 지배당했다.

폭풍우 속에서 도망칠 수 없는 상황에 빠진 것처럼 숨이 찬다고 느끼면서도…….

"할 수 있어…….."

난 이 정도로 죽지 않아!

강한 스스로를 머릿속으로 그린다.

카게로도 리아밀도, 내게 힘을 빌려주는 것은 당연하다는 생각으로 받아들인다.

"이건…….."

리아밀의 힘이 이제까지보다도 아득히 직접적으로 느껴졌다.

"하아…… 간신히 여기까지 올 수 있었구나."

카게로를 두르고 있는 것과는 또 다른 감각.

하지만 리아밀이 바로 옆에, 마치 내 안에 있는 것 같은 착각을 느낄 만큼 가깝게 느껴졌다.

"맡겨. 여왕님의 마력이라고는 해도, 이 정도는 내가 있다면 아무것도 아니니까!"

"큐쿠─!"

둘의 힘이 몸 안으로 흘러들고, 덧셈이 아닌 곱셈처럼 부풀어올랐다.

그리고…….

──퍼엉

우리 주위를 지배하던 마력이 튕겨 날아갔다.

"허억…… 허억…… 이것이…… ."

"이렇게까지 상위의 정령을 두 마리나 동시에 두를 수 있는 건 아마도, 대륙 전체에서도 서방님 정도뿐이겠지."

결국 쓰러진 나를 티에라가 들여다보는 구도는 변함이 없지 만…… .

"축하해. 이거라면 함께 싸울 수 있어."

"다행이다…… ."

기억이 있는 것은 거기까지.

그 후로는 리리의 회복이 올 때까지 역시나 티에라의 무릎베개 위에서 잠들어 있었나 보다.

◇

"응……?"

하반신이 위화감을 느끼고 눈을 떴다.

아마도 정령 빙의로 전부 소진하고 쓰러져서 티에라의 부축을 받으며…… .

"일어났나, 서방님."

다행이다, 기억은 맞물렸다.

티에라가 위에서 들여다보는 것을 보면 역시나 여긴 그녀의 무룡 위겠지.

　그건 알겠는데…….

　"어째서 유두를 만지고…… 그보다도 어느새 벗긴 거야?!"

　티에라의 손이 내 가슴팍을 만지작거리고 있었다.

　그리고 끝내는…….

　"후아…… 이러나혔나요. 후힌님."

　내 물건을 문 채로 리리가 말했다.

　"어째서…….'

　쪼옥, 소리를 내며 간신히 입을 뗀 리리가 이렇게 말했다.

　"힐을 걸어서 회복된 건 알겠지만, 동시에 이쪽이 건강해졌으니까요."

　입에서는 해방되었어도 금세 그 풍만한 가슴으로 감싸서 자극을 멈추지 않았다.

　그보다도 여기 밖이지?!

　"괜찮아요. 이 부근은 이미 주인님의 영토니까요."

　"게다가 누가 온다면 바로 정령들이 가르쳐줘."

　정령의 지나친 낭비다…….

　카게로는 내가 의식을 놓으면 동시에 사라진다.

　평소에는 이렇게 불러내지 않는 한 정령계라고 불리는 다른 공간에 존재한다나.

　리아밀은 왠지 그대로 남아 있었다.

　"뭐야…….'

　리아밀이 노려봤다.

"아니…… 안 돌아가도 되는 거야?"

"여왕님이랑 한다니 백 년은 일러! 내가 짜내어버릴 거니까!"

그러면서 리리에게서 빼앗듯이 내 아들에 달려들었다.

역시나 사이즈 차이가 있지만, 작은 몸 그대로 열심히 핥는 모습에 조금 흥분했다.

"어머…… 서방님은 정말로 품이 넓구나."

리리에게 공략당하던 때 이상으로 단단해진 것을 간파한 듯 티에라가 말했다.

어느샌가 무릎베개 자체를 풀고 본인도 벗기 시작했다.

예술적인 나체가 남들의 시선이 닿지 않는 숲속이라고는 해도 푸른 하늘 아래에 풀려나왔다.

옆에 리리가 있는 탓에 작게 보이지만 티에라의 가슴도 아예 없지는 않았다.

오히려 적당한 융기가 흥분을 부추기고, 그러면서도 의외로 살집이 있는 허벅지가 시야에 날아들어서 그 갭에 까딱 넘어갈 뻔했다.

참고로 누워 있는 내 몸은 티에라의 마법으로 지탱이 되고 있어서, 투명하고 부드러운 침대 같은 곳에 눕혀져 있는 상태였다.

"자…… 주인님. 저희는 요전의 승부에서 주인님께 패배했으니까, 지금이라면 뭐든 하시는 말씀을 들을 텐데요……."

리리도 일어서서 가슴만이 아니라 온몸의 의상을 스스로 벗었다.

슬렌더한 티에라와 나란히 있으니 한층 매력이 도드라지는 듯했다. 서로에게, 말이지만.

"음…… 날름…… 뭘 여왕님한테 커지는 거야!"

"어쩔 수 없잖아?! 응……."

"후훗…… 그대로 내 테크닉으로 꼴사납게 끝내면…… 음?!"

작은 리아밀이 내 물건을 열심히 입으로 문 순간, 첫 번째 한계
가 왔다.

풋풋 소리가 들릴 것 같은 기세 그대로 리아밀의 입을, 아니,
온몸을 덮쳤다.

입에 미처 들어가지 않아서 떨어진 탓에 다이렉트로 온몸에 뿌
려졌다.

"콜록…… 커헉…… 잠깐만! 나오면 나온다고 말해!"

질척질척해진 리아밀이 항의했다.

"이 크기로 받아내는 건 좀 무리가 있었네요."

"으음…… 아직 안 끝났어."

리아밀의 몸이 빛나는가 싶더니 스르륵 그 빛이 커졌다.

전과 같은 실체를 가진 환술로 몸을 키우고 있었다.

그래도 두 사람과 비교하면 작은 체구이지만.

"어머. 다음은 나 아닐까."

"여왕님?!"

의욕이 가득한 티에라에게 리아밀이 놀랐다.

리리도 양보할 생각은 없어 보이는데…….

"둘 다, 내가 하는 말을 들어야 하는 거지?"

"후후. 그러네요. 뭔가 떠올랐나요?"

음란한 부탁을 할 것이라 확신하는 리리가 요염한 미소를 지었다.

하지만 아마도 내 제안은 리리의 기대를 배신하겠지. 그걸 노리는 거니까.

"근처에 빌레나도 있을 테니까, 기왕이면 같이 하고 싶은데."

"알겠어요."

곧바로 리리가 마법을 상공으로 쏘아 올려서 신호를 했다.

빌레나는 순식간에 찾아왔다.

"불렀어? 아——…… 그렇구나. 그런 거구나."

도착과 동시에 모든 것을 이해하고 벗기 시작하는 빌레나.

너무 빨라…….

"기다려. 다 함께 하는 게 아니라, 세 사람한테는 부탁하고 싶은 게 있어."

"아, 요전의 승부 말이지—. 그 옷, 입을까?"

빌레나의 제안은 매력적이었다.

"그것도 채용하고."

"냐하하. 알았어."

수납 주머니에서 의상을 꺼내어 리리와 티에라에게도 나누어 주며 갈아입었다.

그 복장으로…….

"세 사람은 거기서 그대로, 자위를 해줘."

"어……?"

옷을 갈아입던 빌레나가 굳었다.

"후후. 그렇구나. 애태우는 거구나?"

티에라가 미소 지었다.

리리는 어째선지 오싹오싹 몸을 떨며 이미 사타구니가 젖어 있었다. 역시나 진성 마조 성녀다.

"기다려 플레이인가—."

"응. 하지만 뭐, 반찬은 제공할 테니까."

바로 옆에 있던 리아밀을 끌어당기고 말했다.

"나?!"

"의욕 가득했잖아."

"그건 그렇지만…… 어어?! 여왕님이 보시는데—."

"야하게 해줘야 한다고? 반찬이니까."

티에라는 완전히 장난 모드였다.

뭔가 좋은데…….

"그럼……."

신호라도 할까 싶었는데…….

"응…… 하아…… 후우……."

"냐하하. 벌써 시작해버렸네…… 응."

리리가 멋대로 자기 몸을 더듬기 시작했다.

빌레나도 바로 뒤따랐다.

그리고…….

"어쩐지 부끄럽네…… 응."

조심스럽게 사타구니로 손을 뻗어 자극을 시작하는 티에라.

남은 건…….

"하자고."

"진심이야?! 어쩐지 내가 가장 부끄러…… 으응?!"

다짜고짜 입을 막고 그대로 엉덩이를 움켜쥐어 온몸을 애무했다.

순식간에 눈이 녹아내리는 리아밀의 옷을 억지로 벗기자 유두는 보란 듯이 바짝 존재를 주장하고 있었다.

"티에라가 보고 있으니까 흥분했을까."

"아냐…… 히얏?! 잠깐만! 유두 안 돼…… 잠깐…… 부탁…… 아아앗!"

평소에는 애태우며 가슴부터 애무하지만 오늘은 일부러 갑작스럽게 유두를 꼬집었다.

효과는 바로 나왔다.

"안 돼…… 유두…… 미안해 용서해 주…… 아아아아아아아."

사타구니는 물론 얼굴까지 침으로 젖기 시작할 만큼 지금의 유두 공략에는 약한가 보다.

그런 표정을 보면…….

"있지…… 린트 군…… 응…… 리아밀만이라도 안 돼?"

나도 조금 더 공략하고 싶어졌는데, 보고 있던 다른 사람들에게도 그것은 점차 전염되었다.

그래도 세 사람에게는 조금 더 장난을 치고 싶으니까…….

"빌레나는 그대로. 리리."

"으으으으으응?!"

말을 건넬 줄은 몰랐는지, 이미 제정신을 잃은 탓인지, 말을 건

넨 것만으로 리리의 몸이 뛰며 절정에 다다른 듯했다.

리리는 스위치가 들어간 뒤로 앞도 뒤도 구멍에 손가락을 넣고서 전력으로 자위를 하고 있었으니까.

"하아…… 하아……. 왜, 왜 그러시나요…… 주인님."

녹아내린 눈빛 그대로 리리가 물었다.

애써 태도를 가다듬었지만 이미 늦었겠지.

"리리가 빌레나를 공략해. 빌레나는 반격 금지. 리리도 스스로 만지는 거 금지."

"어."

"세상에……!"

빌레나는 공략하면서 하는 편이 즐거울 테고, 리리는 명백하게 진성 마조.

일부러 바라는 대로 하지 않는 것으로 애를 태우도록 하자.

"서방님? 응…… 나는…… 어떻게 할까?"

티에라가 한 손으로 유두를, 한 손으로 그곳을 만지며 기대하는 표정으로 물었다.

"티에라는…… 주변 정령과의 대화, 일단 그만둘 수 있을까?"

"어."

"주위에 누가 오지 않도록 계속 감시하고 있잖아?"

"그렇지만…… 그게 사라지면…….."

그녀의 손이 빨라졌다.

상상한 것만으로 흥분한 모양이었다.

"누군가 볼지도?"

"으으응?! 하아…… 하아…… 괜찮겠어? 서방님은."

명백하게 이제까지와 다른 표정으로 이쪽을 바라봤다.

기대와 불안, 그 이상의 흥분을 미처 감추지 못했다.

"괜찮아."

"응! 하아…… 하아…… 아아앗! 세상에…… 밖에서…… 누가 올지도 모르는데…… 이런 거…… 아아아앗!"

한 사람이라도 몇 번이나 갈 수 있겠지. 이런 분위기라면.

물론 내 쪽에서도 경계는 해두겠지만 티에라가 정령을 못 쓴다는 것이 중요하다.

이제까지의 티에라는 노출을 하고 있다지만 스스로 안전을 확보하고 있었으니까.

그것이 사라지며 티에라의 리미터가 풀렸다.

"아응! 하아…… 아앗! 기분 좋아…… 으으으응!"

그동안에 리리가 자포자기한 분위기로 빌레나를 공략하고 있었다.

"빌레나…… 각오해요."

"앗…… 크흣…… 응……."

온몸을 끈적끈적, 정성껏 혀로 애무하는 리리.

감질나는 자극에 빌레나가 참지 못하고 목소리를 흘렸다.

둘 다 가슴을 맞대며 어떻게든 유두에 자극을 얻으려고 하는 것도 알 수 있지만 그 정도는 노 카운트로 해두자.

"자, 그럼……."

"어…… 이 상황에서 아직……?"

"아직 넣지도 않았잖아?"

"그건……."

오히려 지금부터가 진짜.

리아밀도 그것은 알고 있을 테지. 입으로는 당혹스러워 하면서도 눈은 기대감으로 촉촉했다.

"아, 그러고 보니."

"왜 그래."

"티에라가 정령을 사용해서 경계를 서지 않고 두 사람도 저런 상태니까, 리아밀이 열심히 하지 않으면 **여왕님**의 칠칠치 못한 모습을 모두에게 드러내게 된다고?"

"어?!"

리아밀의 당혹 이상으로…….

"으응아아아아아앗! 아앗! 그런 게…… 앗…… 아앗."

티에라의 흥분이 커졌다.

이 상태라면 완전히 경계 정령은 이미 안 쓰고 있을 것이다.

"티에라 대신에 열심히 해야겠지?"

"그건…… 집중해야지?! <u>으으으으으응!</u> 지금! 넣으면! 아아아아아아아아아아아앗!"

기습적으로 리아밀에게 넣고 그대로 격렬하게 찔렀다.

"웅! 아앗! 앗! 잠깐! 아앗! 그런 걸 당하면……! 아아아아!"

여유가 사라진 리아밀.

선 채로 리아밀을 들어 올리는 모양새로 넣었으니까 정면에서 혼자 위로하는 티에라에게서는 모든 것이 훤히 보였다.

삽입부도, 가슴도, 느끼는 얼굴도…… 모든 것이.

"부끄러…… 응! 적어도 자세…… 아앗! 잠깐만! 저기! 아아아아아아아!"

"티에라, 키스해줄 수 있을까?"

"어."

"후후…… 응…… 좋네."

"무슨…… 응! 이런! 아앗! 상황에서! 아앗! 여왕님 안 돼…… 안 돼애애애으으응?!"

키스, 라고만 말했던 것은 나지만, 세상에나 티에라는 리아밀과 이어진 내 물건과 함께 리아밀의 사타구니에 얼굴을 파묻었다.

"거긴! 아앗! 여왕니……. 으으응안돼…… 안돼…… 아아아앗!"

"큭…… 상당한 자극이…….."

"후후. 괜찮아. 제대로 된 키스도 해줄 테니까."

그러더니 티에라의 얼굴이 떨어졌다.

하지만 리아밀의 몸을 스르륵 타고 오르는 형태로 배에서 가슴에 걸쳐 혀를 움직이고…….

"잠깐…… 안 돼…… 응! 안 돼요…… 지금…… 가슴은…… 가슴은아아아아아아아아아아아앗?!"

티에라의 혀가 리아밀의 유두에 다다른 순간, 몸이 펄쩍펄쩍 뛰었다.

"아아아아앗?!"

"오오, 이거 굉장해."

질 안이 격렬하게 날뛰었다.

그만큼 단숨에 갔을 테지.

"후후…… 다운되어 버렸네."

마지막으로 제대로 얼굴에도 키스를 한 참에, 리아밀이 한계를 맞이했는지 빛의 입자가 되어 실체가 사라졌다.

그대로 정령계로 돌아갔을 테지.

"서방님? 슬슬 괜찮겠지?"

티에라가 물었다.

리리에게 공략당해서 엉망이 된 빌레나도 한계가 가까울 것이다.

이 이상 애태우는 것은 내 신변이 위험하다고 할까, 이미 위태로운 것도 같지만…….

"괜찮아."

나도 더는 참을 수 없었다.

티에라가 잡아먹을 듯이 입술을 빼앗는가 싶었더니, 금세 빌레나와 리리도 우리 모습을 알아차리고 다가왔다.

"그럼 해버리자―."

어느샌가 위를 빼앗고 빌레나가 올라탔다.

"치사해…… 뭐, 한동안 나는 이쪽이면 될까."

그러더니 그때까지보다 한층 더 격렬하게, 입 안을 범하듯이 혀를 넣었다.

"어느새 그런 키스를 배운 건가요?"

"후후."

리리의 질문에는 웃기만 할 뿐, 대답하지 않았다.

그보다도 리리도 한계를 넘은 모양이니까 이 이상 날 덮친다면 위태롭다고 생각했는데…….

"린트 군, 리리도 이미 한계니까 살짝 만져주면 갈 거야."

"그렇지는…….."

그러면서 리리는 허세를 부렸지만 확실히 자세히 보니 여봐란 듯이 유두도, 클리토리스도 부풀어 오른 듯 팽팽했다.

원래부터 크니까 더욱 도드라졌다.

그 도드라진 약점을 강하게 자극하는 것만으로…….

"주인님…… 기다려주세── 히야아아아아아아앗?!"

"그런가. 계속 스스로도 만지면 안 된다고 그랬지."

쌓이고 쌓인 자극이었을 것이다.

리리라면 갑자기 아래쪽을 공략하는 편이 기뻐한다고 생각해서 그렇게 했는데, 자극이 허용량을 웃돌았나 보다.

"으윽…… 허억…… 히이──…… 히이──…… 하아…….."

리리의 호흡이 거칠어졌다.

한순간 걱정했지만 그것이 흥분 때문임은 금세 알 수 있었다. 스스로 더욱 만지기 시작했을 정도로는 스위치가 들어갔나 보다.

"냐하하. 그럼 나도 움직일 테니까."

"큭."

빌레나가 허리를 흔들었다.

나도 나대로 무척 한계였다. 차라리 지금은 빌레나에게 집중해서 보내고 싶은데…….

"서방님? 안 된다고? 도망치면…….."

그러면서 양손으로 얼굴을 누르는 티에라에게 입술을 **빼앗**
겼다.

"응! 큭! 하아…… 이거…… 좋아! 으으응!"

빌레나가 스스로 움직이며 한 손으로 몸을 지탱하고 한 손으로
클리토리스를 자극했다.

이미 빌레나도 나를 공략한다기보다 기분 좋아지고 싶다는 욕
구가 이긴 모양이었다.

그렇다면…….

"빌레나……!"

"응! 아아! 좋아! 린트 군……! 응!"

빌레나의 허리 움직임에 맞추어 나도 허리를 움직여 아래쪽에
서 찔렀다.

평소보다 평범한 섹스인데도 평소보다 느끼는 것은 그때까지
애태운 것이 서로에게 통해서 그럴 테지.

"간다……! 응! 아앗! 아아아아아아아아아아아아아!"

"나도……! 큭……."

그대로 빌레나 안에서 끝냈다.

그동안에도 계속 티에라가 키스를 하며 내 몸을 들썩들썩 계속
자극했다.

"하아…… 하아…… 냐하하. 기분 좋았어―."

빌레나는 의식을 잃는다든지 그러지는 않았지만 그대로 쓰러
져서는 몸을 뉘었다.

일단 체력의 한계까지 한 거겠지.

"그럼 서방님……?"

더는 못 기다리겠다는 듯이 티에라가 나를 바라봤다.

나도 이미 한계니까…….

"움직이고 싶으니까 내 쪽에서."

"어…… 그런 부끄러운── 으응!"

티에라의 가느다란 몸을 들어 올려 뒤집고 엉덩이를 내민 순간에 삽입했다.

"아앗! 뒤쪽에서…… 격렬해…… 응! 아응!"

"그렇게 오래 못 버티니까……!"

"그래…… 좋아…… 응! 아앗! 앗! 으으으응!"

티에라가 가볍게 가면서 질 안이 수축되고…….

"간다……!"

벌컥벌컥, 맥박치는 소리가 들릴 것만 같이 격렬하게, 티에라 안에 쏟아냈다.

순식간이었지만 이제까지 중에서 가장 많은 양이었다고 생각한다.

"하아…… 하아…….."

"응…… 하아…… 수고했어, 서방님."

티에라는 그러더니 몸을 돌려 다정하게 내게 키스를 하고, 그대로 쓰러지듯이 이쪽으로 몸을 기댔다.

"다들 한계인 것 같네……."

주변 감시는 일단 나도 정령들을 의식하면 가능하니까…….

"벨, 있어?"

"주인…… 아직 부족한가?"

"아니아니?! 그냥 이대로 둘 수는 없으니까 도와줬으면 해서."

"하아…… 어쩔 수 없군."

벨의 도움을 받아 세 사람에게 일단 옷을 입히고 집으로 옮긴 것이었다.

벨도 뭔가 젖은 것 같기는 하지만 뭐, 괜찮겠지. 애태우는 플레이 같은 거니까.

◇

"좋―아, 하자고―!"

"어―?"

어째선지 사룡의 둥지로 끌려왔다.

빌레나가 "간다"라더니 얼렁뚱땅 영지에 남아 있던 나, 리리, 티에라를 데려온 상황이었다.

뭐, 리리도 티에라도 그다지 저항하는 기색이 없었다고 할까…… 그건 뭐, 나도 마찬가진가.

다만…….

"엘프가 먼저 아니었어?"

"사룡의 둥지는 사룡 말고도 이것저것 있잖아?"

"사룡 본체는 몰라도, 적당한 상대를 찾을 수 있을지도 모르니까요."

"응응. 무척 좋아졌지만 린트 군이랑 너희 연습에 괜찮을까 싶어서."

그렇구나.

티에라 덕분에 꽤나 할 수 있게 되었다고는 해도, 역시나 아직 안정감은 없으니까 적당할지도 모르겠다.

"뭐, 하지만 그 전에 조금 시험해보고 싶은 것도 있단 말이지?"

"시험해보고 싶은 거?"

"벨이 바론을 단련시켜서 오잖아? 티에라가 키운 린트 군이랑 누가 더 강해질지, 신경 쓰이지 않아?"

"그러네."

티에라가 웃었다.

이건…….

"주인님, 불러내 버리죠."

"괜찮을까? 저쪽도 무척 바쁘지 않을까 싶은데."

"냐하하. 오히려 슬슬 외로워서 안절부절못하고 있을지도—?"

뭐, 어쩐지 그런 느낌도 든다…….

이 멤버라면 돌려보내기 위한 이동도 그렇게까지 부담은 없으니까 괜찮을까, 그런 생각으로 바론과 벨을 불렀다.

한순간에 바론과 벨이 모습을 드러냈다.

"무슨 일 있었나?"

"아니, 린트 군의 수행에 어울려줬으면 해서."

"그렇군."

바론이 씨익 웃는 것처럼 여겨졌다.

여겨졌다, 라는 것도…… 나온 바론은 어째선지 풀 장비로 기세가 등등했다.

"어쩐지 분위기를 탔는데?"

"주인이 좀처럼 부르질 않는다며 괴로워하고 있었으니까 말이다, 저 녀석은."

"진짜로 그런 상황이었나…….."

귀여운 구석이 있구나 생각했다.

"그건 그렇고, 뭔가 변한 건 있었나?"

"그러네요. 주인님이 정령 둘을 빙의할 수 있게 되었어요."

"호오?"

벨이 흥미를 드러냈다.

"이쪽도 놀라겠지. 마침 수행도 일단락된 참이었다."

벨의 말에 다시금 바론을 봤더니 확실히 오라가 조금 변한 것이 보였다.

"그것도 기대되지만, 영지 쪽은 괜찮아? 이쪽은 딱히 달라진 것도 없었으니까 서류를 처리하고 온 정도야."

"아! 그리고 보니 린트 군을 위해 영주의 저택에 하렘용 거처를 만들었어."

"어?"

어느새……?

그보다도 하렘용 거처라니 뭐야…….

"국왕을 비롯해서 주인님에게 딸을 내놓고 싶다는 귀족이나 유력자가 많으니까, 그것도 정리를 진행하고 있어요."

"못 들었는데."

"말했다면 린트 군, 수행보다 그쪽에 몰두하지 않았을까—?"

"실례되는 소리야!"

조금 기대……가 있다지만 제대로 수행을 했을 거라 생각한다.

뭐라고 해도 수행 상대가 티에라니까.

"후후. 후궁, 기대되네요."

"그런가, 후궁인가."

"린트 군의 하렘이다—!"

"……새삼 생각해보면, 너희는 그걸로 괜찮겠나?"

바론이 확인했지만 리리가 웃으며 대답했다.

"생각해보세요."

"뭘 말이지……?"

"후궁이 생겨서 주인님의 상대가 늘어난다고, 뭔가 변하는 게 있나요?"

리리의 물음에 한순간 생각하는 기색이던 바론이 즉답했다.

"없군."

"그렇죠? 어차피 주인님이니까 여자애는 늘어날 거예요."

"그건 확실히."

"나, 그런 인식이었어……?"

내 말은 누구에게도 들리지 않는 것처럼 이야기가 진행되었다.

"그런 점에서, 귀족 왕족의 딸을 차등 없이 대할 수는 없고, 그럴 생각도 없어요. 그렇다면 파티 멤버인 우리가 우위에 서려면 후궁으로 눌러두는 게 적당하단 거예요."

"여전하구나, 속 검은 성녀."

"지금 뭐라고 그랬나요? 벨."

"그만해! 성스러운 기운을 슬쩍 던지지 마라! 네 기운은 진짜 장난이 아니야."

악마와 성녀가 이런 대화를 나누는 건 역사를 미루어 봐도 이례적인 일이겠지.

"뭐, 어쨌든 팍팍 강해져야 하니까 우선은 바론이랑 싸워봐야겠지!"

"얕보지 말라고? 나도 가만히 있기만 하진 않았어."

"이 녀석은 어둠 마법의 책도 대부분을 습득했으니까, 너희랑 헤어지기 전과는 비교도 안 되게 강하다고?"

"오오……."

그럴 정도인가…….

바론도 원래 S랭크는 넘어서는 수준이다.

조금 더 말하자면 별의 책 습득자이기도 했다. 무기 취급에 더해서 어둠 마법도 책의 능력을 얻었다고 생각하면…….

"후후. 린트 군도 강해졌단 말이지?"

빌레나가 말했다.

"서방님. 사실 저번 수행을 하면서, 서방님도 자연스럽게 정령 마법의 책 일부를 습득했어."

"어……."

아니 뭐, 취득자인 티에라가 가르쳐줬으니까 그런…… 걸까?

"괜찮아요. 게다가 큐르케도 단련했으니까요."

"그래?"

"큐―!"

확실히 조금 강해졌……나?

큐르케는 외모와 달리 이상할 만큼 강해지고 있으니까 잘 모르겠단 말이지…….

"어쨌든 한 번 해볼까."

"그래…… 카게로, 리아밀."

"큐쿠우우우우우우!"

"후후. 전신 갑주, 뭔가 그립네."

리아밀은 원래 그렇게 싸웠다고 하니까.

저러고도 S랭크 수준으로 강했다는 게 이상하다…….

그렇다고 할까, 이런 수준의 멤버들에게 둘러싸여 있는 것은 냉정하게 생각하면 굉장하구나.

단독으로 S랭크 수준의 정령이 둘.

그리고…….

"큐르케도 부탁한다."

"큐!"

아마도 큐르케도 이제는 그만한 힘이 있다.

바론이 풀 페이스 갑옷을 입었다. 금속 틈새로 검은 안개가 보였다. 어둠 마법이다.

"호오…… 이러면 갑옷 틈새로 공격할 수 없겠네."

"애당초 그런 요령 좋은 일은 못 하니까 상관없지만…… 어떻게 쓰러뜨리면 될지는 어려워졌네."

내가 그렇게 말하자 빌레나가 대답해주었다.

"괜찮아괜찮아. 온몸이 딱딱한 적을 쓰러뜨리는 방법은 간단하다고?"

"간단……?"

"틈새를 노린다든지 그럴 필요 없으니까! 전력으로 때린다! 그것뿐!"

들뜬 얼굴의 빌레나를 보고, 보이지 않을 터인 바론의 표정이 굳어지는 게 보인 느낌이었다.

"흥. 갑옷도 도끼도 쓸 모양이야. 슬슬 시작하자고."

벨이 웃었다.

"그럼 준비됐지—?"

"그래."

"됐어."

"두 분 다, 무슨 일이 있어도 머리카락 하나만 남아 있으면 재생시킬 수 있으니까 사양 말고 제대로 해주세요."

"너라면 진짜로 할 수 있을 것 같지만…… 그건 이미 성 속성이 아니니까 말이다?"

그런 시답잖은 대화를 나누고, 바론과 대치했다.

"그럼 간다—! 시작!"

——윽!

선수를 빼앗겼다.

"린트 경에게는 속도에서 밀린다. 먼저 움직이지 않으면 지겠지."

"처음부터 상대를 나로 상정해서……?!"

──퍼억!

둔탁한 소리가 울렸다.
"물론! 이렇게 될 것 정도는 예상할 수 있다."
"윽?!"
바론의 도끼에 드리운 검은 사기와 카게로의 불꽃으로 만든 검이 맞부딪쳤다.
이번에는 티에라의 수행과 달리 무기도 있어서.
슬슬 손에 익은 칼자루밖에 없는 마법 검을 들고 있었다.
카게로와 리아밀은 두르고 있으니까 실체로 싸우는 것은 나와 큐르케뿐이다.
반동을 살려서 일단 거리를 벌리려고 했지만 금세 바론이 내 등 뒤에 어둠 마법을 전개했다.
"검은 관이라……."
"조심해. 닿는 것만으로도 죽어."
"너무 뒤숭숭하잖아?!"
날개를 펼쳐서 어떻게든 급정지. 벨에게 나는 법을 배워둬서 다행이다.
하지만 바론의 노림수는 지금부터였다.
"미안하지만 마무리하겠다!"
크게 휘두른 일격은 내 눈앞으로 들이닥쳤다.

하지만……

"큐르케!"

"큐큐—!"

가벼운 대답과 달리 의지가 되는 파트너가 몸을 빛내며 나와 바론 사이로 끼어들었다.

방어는 큐르케.

공격은 나.

그런 역할 분담이었는데…….

"어둠의 포옹."

"큐?!"

바론의 말에 응하듯이 나타난 검은 누군가에게 큐르케가 감싸였다.

"큐! 큐큐—!"

"뭘?!"

"주인이 가진 최강의 방패는 그 녀석. 처음부터 대책을 세웠다."

벨이 뒤에서 목소리를 높였다.

어둠 마법에 사로잡힌 큐르케가 움직이지 못하여 버둥댔지만, 완벽하게 움직임을 막힌 것도 아닌 듯했다.

"이 정도로 저항하다니?!"

검은 안개에 둘러싸이려던 큐르케가 빛을 발한 탓인지, 검은 안개에서 몇 줄기인가 빛이 새어 나왔다.

바론은 한 손으로 구사하던 술식을 황급히 양손으로 보충하기 시작했다.

그러니까 공격을 그만두었다는 것.

그리고 그것은…….

"카게로."

"큐쿠우우우우우우."

"이런──."

내 공격 찬스다.

그 틈을 놓칠 만큼 어리숙하지는 않다.

카게로의 불꽃을 모아서 바론의 텅 빈 몸통으로 마법 검을 내질렀다.

"불꽃 창!"

물론 리아밀의 마력도 실은 그것은, 지난번 리아밀 일행과 싸웠을 때와는 위력이 달랐다.

"으…… 아아아아아아."

바론의 방어는 때를 맞추지 못하고 튕겨 날아갔다.

방심하지 않고 카게로의 불꽃을 다시 한번 자아내어 힘을 모았다.

속성 상성이 나쁘지 않다면 카게로의 마력을 리아밀의 마력으로 보강하는 형태가 가장 강하다.

큐르케도 풀린 술식을 튕겨내고 나왔다.

다행이다. 무사했다.

"설마 이렇게나 간단히 패배할 줄이야……."

이쪽의 경계를 제쳐놓고 바론은 시원스럽게 전의를 거두었다.

"아직 멀쩡해 보이잖아."

"갑옷이 이래서야 그 불꽃에 맞설 방도가 없어. 갓 입문한 어둠 마법에 지나치게 의지했군……."

덜커덕, 바론의 갑옷이 소리를 내며 무너졌다.

"아니, 모의전이니까 이겼을 뿐이야. 실전이라면 나도 큐르케를 걱정해서 그 상황에 공격으로 넘어가진 못했을지도 몰라."

"그런가."

이 승부에서 큐르케를 죽일 생각이 없다는 것은 알았기에, 그 상황에서 큐르케를 구하는 것보다 공격을 선택한 부분도 있겠지.

큐르케를 믿는다는 선택지도 물론 전투 중에 생기겠지만, 그래도 한순간의 망설임이 승패를 가를지도 모른다.

"하지만 지금 스피드에서 거기까지 생각할 수 있었다는 게 성장이야—!"

"그러네요. 연계도 딱딱 맞았고, 큐르케가 무사하다는 것도 링크로 느꼈기 때문에 공격한 거겠죠."

리리가 우리에게 힐을 걸며 말했다.

"내가 말하는 것도 우스운 이야기지만, 강하네…… 큐르케와의 연계도 역시 훌륭해. 다음은 내가 할까?"

"아! 그럼 다음은 나!"

"그러면 저도 할까요."

티에라에 이어서 빌레나와 리리도 그런 말을 시작했다.

"난 여기서 죽는 걸까……."

"괜찮다고요? 몇 번이든 되살려낼 수 있으니까."

리리가 있다면 진심으로 소생조차 가능할 것 같기는 하지만…… 일단 여기까지 죽지 않고 해냈는데 첫 사인이 동료 탓이라는 건 사양하고 싶다.

"주인. 나는 그렇군…… 8할 정도의 힘으로 상대해주지."

"벨의 8할은 대륙의 모양이 바뀌잖아!"

물론 다른 멤버도 저마다 이상한 힘을 가지고 있지만, 제한 없는 상태인 벨은 그야말로 신화급 생물이다.

사룡보다 훨씬 더 무섭다.

"뭐, 하지만 모의전은 좋은 경험이야."

"계속 바론이랑 싸워봐야 질릴 테고."

"잠깐만. 몇 번이나 할 거야……?"

"갑옷은 사라졌지만 옷은 있잖아?"

빌레나가 바론의 **평상시 옷**을 보여주며 말했다.

노출이 심한 저 메이드복이다.

"잠깐만! 그건 싸우는 옷이 아닐 텐데!"

"하지만 바론? 언제 어디서 전투가 벌어질지 모른다고요?"

아, 이건 그저 핑계에 불과한 것 같은데, 라고 생각했지만…….

"그보다 나랑 바론이라면 모를까, 모두가 여기서 날뛴다면 역시나 사룡을 자극하진 않을까?"

"그 정도라면…… 그렇게 말하고 싶지만 이 녀석들은 확실히 모르겠군."

벨이 냉정해졌다.

"던전에 갈 **준비 운동** 정도라면 괜찮지 않을까?"

빌레나가 스트레칭을 하며 말했다.

"그러네. 확실히. 조금 정도라면 괜찮을 거야."

티에라도 스위치가 들어가고…….

"그렇군. 조금 정도라면 괜찮겠지. 바론. 갑주는 걱정하지 마라. 팔다리가 다소 날아가도 성녀가 고쳐준다."

"그렇죠."

"전혀 안심이 안 돼!"

벨도 평소에는 상식적이라고 해도 바탕이 바탕이다.

나와 바론만으로는 이 분위기는 어떻게 할 방도가 없다.

"그럼, 가볍게 하죠."

리리에게 날개가 생기고 성스러운 기운이 넘쳐서 후광이 비쳤다.

신성한 분위기이지만 폭력적이구나…… 지금부터 시작되는 일은…….

◇

"허억…… 허억…… 더는 무리……."

결국 정말로 가차 없이, 나와 바론은 준비 운동에 어울리게 되었다.

마지막에는 바론과 맞붙고, 그것으로 힘이 다했다.

일단 상대 쪽에서 날 봐주지 않고서는 이길 수 없고, 크게 소란을 피우다 사룡을 자극하면 안 된다는 제약은 달았는데도 승률은 5할도 안 되었다.

거기에 바론에게도 많이 졌다.

참고로 바론과 싸울 때는 평범하게 하면 호각이니까 마지막엔 이 던전에서 주운 황금 슬라임을 사용했다.

기습하기도 했지만 이미 옷이 메이드복이었던 바론은 칠칠치 못한 모습이 되었지만…….

"한계로군."

"린트 경…… 적어도 이런 모습으로 만들었으니까 뭔가 반응을 해줬으면 한다만."

바론이 슬픈 듯 말했다.

아깐 그런 여유가 없었지만, 다시금 봤더니 정말로 거의 알몸이 되어 몸을 필사적으로 누르며 가리는 바론이 야했다.

그 부분에 반응한 것은 나만이 아니고…….

"항상 생각하는데, 저건 좋은 옷이구나."

티에라도 반응했다.

뭔가 방향성은 다를지도 모르겠지만…….

"이미 흔적도 없지만 말이지."

"있잖아, 정말로 밖에서 알몸이 되는 건 어떤 기분이야?"

"아직 알몸이 아냐!"

이미 천이 남아 있지 않은 흉부를 가리고 눈물지으며 바론이 외쳤다.

그보다도…….

"티에라?

눈이 살짝 촉촉해졌다고 할까…… 이거, 바론 탓에 스위치가 들어갔나?

　요전에도 그런 상태였으니까, 티에라는 노출 취미가 있구나…….

　"서방님. 조금 휴식, 어떨까?"

　어깨를 드러내며 티에라가 말했다.

　"후후. 그것도 좋네요."

　리리가 그러면서 담담하게 힐을 걸었다.

　그것만으로 조금 전까지 한 걸음도 못 움직이겠다고 생각했던 몸에 활력이 돌아왔다.

　매번 봐도 참 터무니없는 마법이었다.

　"자, 잠깐만! 반응을 원한다고는 했지만 여기서 하는 건가?!"

　"뭐, 전에도 여기서 했잖아, 그러고 보니."

　그러고 보니…….

　황금 슬라임의 흐름까지 똑같았네.

　변한 것은 티에라가 가입한 것……인가.

　티에라에게 다시금 물어봤다.

　"노출, 좋아하는구나."

　"그런 걸까. 하지만 저 숲에 있으면 누군가 성적으로 보는 일이 없던 종족이니까, 신선한 걸지도 모르겠네."

　이미 유두가 보일 정도로 옷을 내리며 티에라가 말했다.

　그런 모습을 본다면 이제는…….

　"린트 경, 이번에는 내가 먼저라고."

　티에라가 완전히 그럴 기분이 된 참에 바론이 가로막았다.

　"그러네. 새치기는 안 할게."

"어—! 그럼 벨로 갈까."

"항상 날 아무렇게나…… 응?! 잠깐! 히양."

"냐하하. 귀여운 반응이네—?"

"그만…… 너 점점 질이 나빠져…… 으응?!"

"질이 나쁘다는 건, 제대로 되고 있다는 이야기죠?"

리리도 저쪽으로 참전하나 보다.

"티에라는 괜찮겠어?"

"그래. 서방님을 보면서 달궈둘게."

그러면서 미소 짓더니 보일 듯 안 보일 듯 아슬아슬했던 유두
가 드러났다.

그러는가 싶더니 금세 손으로 가리고…….

"신경 쓰이지? 바론과 하면서 날 보는 것도, 괜찮지 않을까?"

"무슨…… 내 입장은……."

"어머. 하지만 그 이야기를 듣고 젖었잖아? 의외로 공략당하고
싶어 하는 기사님?"

"큭……."

바론의 얼굴이 빨개졌다.

내가 보고 있는 것을 깨닫고는 고개를 돌리고…….

"마음대로 하면 되겠지! 자!"

스스로 사타구니를 벌리며 재촉했다.

뭐, 조금 시험해볼까.

"티에라, 조금 더 이쪽으로 보여줘."

"그래. 물론."

"큭…… 이게 뭐냐…… 으으응?! 하아……앙!"

유혹하듯이 몸을 드러내는 티에라에게 시선을 맞추며 바론을 찔렀다.

"뭔가 평소보다 젖었는데?"

"응! 크흐……응! 아앗! 아니다! 이건 아니으으으으으응?!"

조금 격렬하게 했더니 간단히 갔다.

"으으…… 한심해…… 응."

표정을 보면 그 한심함을 즐기는 것을 잘 알 수 있었다.

얼굴은 이미 녹아내려서 붕괴 직전이었다.

조금 더 장난을 치고 싶어졌다.

"티에라. 키스."

"그러네…… 응……."

바론에게 넣으며 티에라와 키스를 한다.

명백하게 티에라에게 몰두하는 자세를 무너뜨리지 않고, 그러면서도 바론은 느낄 수밖에 없도록 계속 자극을 줬다.

"응…… 으응! 이런…… 한심한…… 응! 아아앗! 앗! 앙."

"역시 평소보다 목소리가 격렬해."

"후후. 그럼 이대로 날 반찬으로, 바론으로 성욕 처리일까?"

"그런 건…… 으으응! 안 돼…… 응! 안 되는데…… 응! 응! 아아아아앗!"

바론은 쾌락에 필사적으로 거스르려 했지만…….

"아아아아아아아아아아앗!"

맥없이 쾌락에 지고 말았다.

"하아……앙! 하아…… 하아…… 이건……. 응…… 린트……
경…….'

촉촉한 눈으로 바론이 나를 바라봤다.

그래도 허리를 움직이는 것은 그만두지 않고…….

"응?! 뭘 갑자……. 으으응?!"

갑자기 바론의 입술을 빼앗았다.

그대로 내버려 두었던 가슴에도 애무를 더하고, 온몸으로 바론
을 원했다.

"앗! 그건…… 조금 전까지…… 응?! 아앗! 너무 갑자기…… 으
으으으으응?!"

바론은 머리로는 반응이 미처 따라오지 않는 모습이었지만, 몸
쪽은 패닉을 일으켰는지 경련을 일으키며 단숨에 갔다.

"장난쳐서 미안하니까…… 사죄야."

"아니…… 이건 이것대로 좋았…… 아니다! 아니, 이미 한
계…… 응! 한계니까! 그러니까 더는 필요 없으으으으으으응?!"

"마지막은 제대로 바론을 보면서 가자고 생각해서."

"응! 아앗! 더는…… 무리…… 무리지만…… 응! 아앗! 와……
응! 와줘……! 으응!"

"갈게."

"아아! 앗! 아아아아아아아아아아아아아아아아아아아아아.'

그만큼 격렬하게 간 뒤인데도, 나한테 맞추어서 바론은 또 성
대하게 갔다.

"역시나 지쳤구나."

"그런가 봐."

숨이 끊어지듯 힘이 빠지는가 싶더니, 금세 편안하게 잠든 숨소리가 들렸다.

그래도 반대로, 여기까지 버텼다는 게 굉장하네.

역시나 우리 파티의 자랑스러운 전위였다.

"앗! 저쪽도 끝났어!"

"그러네요."

"기…… 기다려…… 너희 멋대로 해놓고…… 으응! 하아……
하아……."

빌레나와 리리를 쫓듯이 벨도 다가왔다.

다만 벨은 이미 한계가 가깝겠는데…….

"그럼 린트 군. 우리도……."

"어머. 내가 먼저 아닐까."

"티에라는 키스를 했잖아요……."

세 사람이 굶주린 표정으로 말다툼했다.

그리고 그곳으로…….

"주인! 책임은 제대로 져야 하니까!"

"빌레나랑 리리가 한 건데?!"

"네 사역마잖아!"

완전히 달아오른 벨도 의욕이 가득했다.

벨의 한계를 걱정하는 것보다도 나 자신을 걱정하는 편이 나을지도 모르겠다.

새로운 동료

"좋아! 그럼 린트 군, 던전 공략할까."

한바탕 즐긴 뒤, 간신히 빌레나가 본론으로 돌아왔다.

아무도 오지 않는 것을 기회 삼아서 확 시작했지만 이곳은 위험한 미개척 던전 바로 옆이다.

대처가 요구되는 사룡이 잠든 던전.

"지난번에도 조금 돌았는데, 본격적으로 하는 거야?"

"아무리 그래도 본격적으로 움직이면 녀석도 움직이겠지. 적당히 해야 한다."

벨이 말했다.

공격을 시작한 것도 아닌데 풀 멤버가 모여 있다는 사실이, 사룡에 대한 높은 경계도를 드러냈다.

"일단 근처에 제가 있으면 무슨 일이 벌어지더라도 봉인은 강화할 수 있는데요."

리리의 말에 벨도 납득했다.

그렇다고는 해도 쓸데없이 자극하고 싶지는 않네.

사룡은 터무니없이 강한 모양이니까……

"조심해야만 하는 건 사룡 본체 말고 또 있을까?"

"던전의 경향을 생각한다면 위험도 A 클래스는 잔뜩 나오겠죠. 기본적으로는 괜찮겠지만, 상성의 문제 같은 건 발생할지도 모르겠어요."

그런 대화를 나누던 그때였다.

"음? 뭔가 나왔다고."

벨의 목소리에 맞추어 모두가 사룡의 둥지 입구인 커다란 구멍으로 시선을 향했다.

"사람……?"

나타난 것은 사람 그림자.

이곳은 미공개 던전. 사람이 있더라도 외부에서 등장한 인물이라고 생각하기보다…….

"안에서 뭔가 태어났다……?"

"인간형 마인이라면 조금 기합을 넣는 편이 좋을 거야."

벨이 말했다.

굳이 그런 말을 한다는 것은…….

"강할까?"

"혹시 마인이 상대라면, 하이 엘프를 상대할 좋은 연습이 되겠군."

"그럴 정도야?!"

하이 엘프는 이 멤버라도 단단히 준비해야만 하는 상대였던 게…….

마인이라는 존재 자체는 들은 적이 있어도 실제로는 전혀 몰랐던 내게 리리가 설명해주었다.

"마인……. 마력이 모인 곳에 나타나는 악마와 사람을 뒤섞은 것 같은 존재예요. 절반이 악마라고 생각하면 얼마나 강할지는 알 수 있겠죠."

벨에게 눈짓을 보내며 이야기했다.

이야기하면서도 리리가 날개를 펼쳐서 임전 태세를 취한 모습이 이미 마인의 위험성을 전하고 있었다.

"뭐, 전부 적이라는 것도 아니지만…… 아니, 저건 적이로군."

벨이 단정했다. 곧바로 이 자리에 있던 전원이 동의를 표하고 임전 태세에 들어갔다.

나타난 마인은 상반신은 인간 형태였지만, 그 아래는 다양한 몬스터의 혼성체. 이른바 키메라로 되어 있었다.

저건 이미 **마인**이라고 불러도 될지 의아한데…….

"아마도 사룡이 발하는 어둠 마법의 마력에 삼켜졌을 테지."

"흠…… 뭐, 먹이가 될 인간이 몇 명은 들어왔어도 이상하진 않나. 아니면 안에서 인간을 본뜬 무언가가 생겨나려 하는가, 겠군."

티에라와 벨이 말했다.

어느 쪽이든 강하다는 사실에 변함은 없네.

어느 정도 맞붙을 각오를 다지고, 각자가 무기를 손에 들려던 그때였다.

"하아아아아아아아아아아아아아아."

──?!

일섬.

갑자기 나타난 의문의 소녀가 지금 막 기어 나오려던 마인 키메라를 일도양단했다.

"사무라이야!"

반응이 빠른 것은 빌레나였다.

"사무라이……?"

소녀의 특징일까.

독특한 하오리에 치마 같으면서 치마는 아닌 다리 쪽의 옷.

길고 윤기 있는 흑발을 뒤쪽에서 하나로 묶었다.

그리고 저 무기는……?

"도를 사용하는 전사네요."

"도……."

뭔가 멋있는데.

"일격으로 저걸 쓰러뜨렸나……."

"적어도 나보다는 강하겠군."

벨과 바론은 감탄하며 바라봤다.

주목을 받은 소녀는 그제야 이쪽을 돌아봤다.

그리고 이제야 우리의 존재를 눈치챘는지 허둥지둥하며 이쪽으로 달려왔다. 뭔가 조금 전까지 의연한 느낌이었는데 귀여워졌네.

"하와와…… 죄송해요! 설마 저 말고 이 녀석을 쓰러뜨리려던 분이 있을 줄은 몰라서……."

"아니, 우리도 쓰러뜨리려던 건 아니니까."

호전적인 빌레나에겐 노리던 사냥감이었던 것 같지만, 눈앞의 소녀에 대한 흥미가 웃돌아서 신경 쓰는 기색은 없었다.

"지금 그거, 거합이라는 녀석이구나! 굉장해굉장해!"

잡아먹을 듯한 기세로 소녀에게 달라붙는 빌레나.

"아와와…… 저기, 그게…… 대단한 건…….'

누가 봐도 빌레나에게 당황하는 모습이기에 웃음이 나오고 말
았다.

"그건 그렇고 사무라이는 자신들의 나라 밖으로 거의 안 나온
다고 생각했는데요, 왜 이런 곳에……?"

리리가 도움의 손길을 내밀듯이 물었다.

허둥지둥하면서도 사무라이 소녀가 대답해주었다.

"그게 말이죠. 사람을 찾고 있어서."

"사람을 찾아?"

"아무래도 이 나라에, 거느린 몬스터의 힘을 몇 배로 끌어올리
는 몬스터 사역술사가 계신다고……."

그건…….

"린트 군이네."

"주인님이네요."

"주인이로군."

"린트 경이겠지."

"서방님이겠네요."

역시 그런가.

"설마……! 아는 분인가요!"

"눈앞에서 말하고 있는 게, 바로 그 찾는다는 사람이야."

소녀가 눈을 부릅뜨고서 이쪽을 봤다.

그리고 다음 순간.

"부탁드려요! 저를! 테임해주시길!"

손을 잡고서 애원했다.

"어⋯⋯."

처음 맞닥뜨린 패턴에 당황하고 있었더니, 상대가 먼저 냉정해져서 퍼뜩 떨어졌다.

점프하며 멀어지더니 그 기세 그대로 무릎을 꿇으며 머리를 숙였다.

재주도 좋네⋯⋯.

"그만 흥분해 버렸네요⋯⋯."

포니테일 소녀가 무릎을 꿇고 있다.

"아니, 딱히 신경 쓰지는 않는데⋯⋯ 테임인가."

"예! 저는 어떻게든 강해져야만 해요!"

"저기⋯⋯ 일단 물어보겠는데 테임이 뭔지는 아는 거야?"

"으음⋯⋯ 몬스터를 따르게 만들고, 그 몬스터가 강해진다고."

그렇구나. 최소한은 알고 있나 보다.

그렇지만 리스크라는 측면을 어디까지 파악하고 있는지가 중요한데⋯⋯.

"서방님의 걱정도 아마, 이 아이는 알고서 말하는 거예요."

티에라가 말했다.

그에 동의하듯 눈앞의 소녀도 이렇게 말했다.

"테임을 당하면 어떻게 되는지, 어찌어찌 듣기는 했어요."

"이 아이는 자신이라면 어떻게든 된다고 생각하는구나."

"그그그그런 건!"

알기 쉬운 아이였다.

티에라의 말대로겠지.

"냐하하. 뭐, 괜찮지 않을까? 본인이 그렇게 말한다면 해버려도."

"흠…… 주인의 힘을 알고서 도전하는 건 무척 재미있어."

"애당초 강해지더라도 적의는 없을 테니까 괜찮지 않을까요?"

뭐, 그러네.

눈앞의 소녀에게서 적의나 해의는 느껴지지 않았다.

"그건 물론이에요! 은혜를 베푸신 분께 무례를 저지르진 않아요!"

"어떻게 생각해? 바론."

"나 말이냐?! 나는 뭐, 그렇게 말한다면 걱정할 것 없다고 생각한다. 그보다 저거야. 이 멤버를 앞에 두고서 속이고 들었다가 무사히 살아서 돌아갈 수 있을 법한 생물 따윈 모른다."

그렇구나, 그건 일리 있다.

풀 멤버니까.

바론의 말을 듣고 소녀도 두리번두리번 주위를 둘러보기 시작했다.

"음……? 설마 그럴까 싶지만 여기 계신 분들은 모두, 린트 경이……?"

"테임했는데."

"그런가요! 그렇다면 다들 무언가 변화라도 했을까요?"

"변화? 어째서."

"그게…… 테임, 이란 몬스터를 상대로만 쓸 수 있다고 들었으니까……."

그렇구나…….

뭐, 그렇겠지. 보통은 그게…… 아니, 잠깐만.

그렇다면 어째서 이 아이는 자신이 테임의 대상이 되는 것을 전제로 이야기했지……?

변화라니 설마?

"말씀이 늦었네요. 저는 동방, 화국(火國)에서 온 아오이라고 해요. 사연이 있어 지금은 이런 몸이지만, 화국의 전승대로 내용물은 용이에요."

"용?!"

용.

통상적으로 용은 드래곤과는 구별된다.

드래곤은 강력한 힘을 가진 위험한 몬스터이자 어느 정도의 지능도 있다고 여겨진다. 하지만 그것뿐이라고 하면 그것뿐.

드래곤은 어디까지나 흔하게 있는 몬스터인 것이다.

반면에 용은 신화에도 나오는 머나먼 과거의 생명이자 인간보다도 고위 차원에 존재한다고 일컬어지는…… 이른바 전설의 생물이다.

상위 존재이자 전설이 되었다면 하이 엘프도 그럴지도 모르겠지만…… 사룡이라든지 하이 엘프와 다르게 눈앞에 나타났다는 사실에 놀랐다.

"용, 인가."

"그래요. 그리고 이곳에 봉인된 사룡 역시도 화국의 존재이고…… 제 목적은 전적으로 그것을 무찌르는 것이에요."

과도하게 단숨에 정보가 흘러나왔다.

그러니까 무슨 소리야?!

내 표정으로 원하는 것을 파악한 리리가 설명해주었다.

"요컨대 이 아이는 용이고, 사룡을 풀어놓아서는 안 될 사정이 있다. 용으로서…… 혹은 화국에서 무언가 특별한 역할을 가진 인물이라는 거겠죠."

역시 리리 선생님.

대답을 맞추어보는 모양새로 자신을 아오이라고 한 소녀가 계속 말했다.

"화국에는 황족과 저희 용족 사이에 하나, 맹약이 있거든요."

"맹약……?"

"예. 황가의 일족은 끊임없이 용의 피를 들인다. 그 대신 우리 용족은 일족 전체가 함께 그 자자손손에 이르기까지 번영을 약속하는 거예요."

"용과…… 그보다도 그거, 용족한테 이익은 있나?"

화국의 왕족으로서는 혈족 강화에 더해서 가호까지 받는다.

용의 이익은 어디에 있을까 싶었는데…….

"글쎄요, 그러고 보니……. 그렇다고는 해도 현시점에서 이미, 우리 용족은 화국과 함께 계속 존재하고, 이미 황족은 용족이라고 해도 아무런 지장도 없는 상황. 맹약의 의미 따위는 생각한 적 없었어요."

그런 느낌인가.

"저 녀석은 일족의 수치. 토벌은 일족의 바람이에요."

그렇구나.

이야기가 이어졌다.

"확실히 용이 상대라면 어디까지 컨트롤할 수 있을지는 알 수가 없네."

"아니…… 벨을 보면 알 수 있겠지. 린트 경이라면 관계없다."

"뭐, 그렇다고 생각해—."

"그렇겠죠."

"그렇군."

"그러네."

바론이 어이없어하며 그렇게 이야기하자 곧바로 전원이 동의했다.

그리고…….

"이봐, 계집."

벨이 아오이를 가리키며 계집이라고 불렀다.

"글쎄요. 이런 모습이기는 하지만, 계집이라고 불릴 정도의 나이는 아니온데?"

"그렇다면 나도 조금은 주의 깊게 봐라."

"뭔가 싶었더니…….

아오이의 눈이 붉게 빛났다.

"용의 눈이네요. 이렇게 부분적으로 변화할 수 있는 것도 강한 몬스터의 특징인데요."

"길도 조만간에 이렇게 되는 걸까—."

어떨까. 아까 말했다시피 드래곤과 용은 다른 존재…… 그래도 길이라면 가까운 존재 진화가 벌어지더라도 이상하지는 않구나.

그런 잡담을 나누고 있었더니 아오이가 몸을 젖히며 외쳤다.

"뭐……?! 왜 이런 괴물이 여기에?!"

용에게 괴물이라고 불린 벨.

아니 뭐, 그런가. 악마는 보통 괴물이란 말이지.

"실례되는 녀석이로군. 피차 괴물일 텐데."

그러고 보니 아까는 하이 엘프와 용만 생각했는데, 악마도 그렇구나…….

"하지만…… 아니, 설마…… 악마조차 수중에 넣었다는 건가……?! 이분은."

빤히 쳐다보는 아오이의 시선이 내게 박혔다.

"이걸 보고 판단해라. 테임을 받으면 네 생각대로 일이 진행되진 않는다고."

"구체적으로는 그렇지, 야한 일은 당해버리거든."

"그렇죠."

생글생글하며 빌레나와 리리가 거들었다.

당연하다는 듯이 말하지는 말아줘. 매번 하는 건…… 아니, 깊이 생각하는 건 그만두자.

"하지만 반대로 말하면 그것뿐, 이지."

"그렇군…… 조금 성적으로 지독한 일을 당하는 것 말고 다른 걱정은 없다."

"참고로 이 녀석들은 악마인 나를 상대로도 가차가 없으니까 말이다."

　벨은 아오이를 도발하는지 걱정하는지 잘 알 수가 없는 상황이
었다.

　"파렴치한······."

　아오이는 어째선지 나를 경멸하는 눈빛으로 바라봤다.

　나, 아직 아무것도 안 했는데······.

　"동방은 일부다처의 문화가 거의 없다고 그러니까요."

　"그런가. 그럼 더더욱, 저렇게 될까."

　"으음······ 하지만 무엇과도 바꿀 수 없는 사정이 있는 것도 사
실······."

　"아니, 딱히 테임한다고 꼭 하는 건 아니니까 말이지?!"

　일단 변명해두었다······만, 모두가 어이없다는 눈빛으로 바라
봤다.

　특히 벨과, 어느샌가 어깨에 나타난 리아밀의 시선이 따가웠다.

　전부 그렇지는 않을······ 터. 아마도······. 그게, 길은 안 했다.

　"내 몸으로 일족의 명예를 지킬 수 있다면······ 어쩔 수 없죠.
린트 경, 모쪼록 부탁드려요."

　"그런 일을 하는지는 별개로 두고, 테임은 할게."

　"감사합니다."

　무릎 꿇은 채로 아오이는 조용히 눈을 감고 기다렸다.

　"저기, 린트 군. 이 아이한테 저쪽으로 도움을 받으면 어떨까?"

　"저쪽?"

　"엘프의 마을."

"아—."

확실히 괜찮을지도 모르겠다.

"아오이. 나는 아오이의 힘이 늘어나도록 협력할 테고, 사룡 토벌도 우리 목적은 일치해."

"세상에!"

"그러니까 그 대신에 우리 일도 하나, 도와주겠어?"

"알겠어요."

"내용은 물어보지 않아도 되는 건가."

즉답에 놀랐다.

"이 녀석보다 성가신 일이라고 여겨지지는 않으니……."

그러면서 사룡이 잠든 거대한 구멍을 바라봤지만…….

"거의 비슷한 수준으로 큰일인데, 괜찮구나."

"어."

한순간 당황한 모습을 드러냈지만 금세 각오를 다지고 이렇게 말했다.

"아니! 괜찮아요! 눈 딱 감고! 부디!"

그렇다면…….

"테임."

"오오…… 이것이…… 신기한 감각이네요."

조건은 간단히 받아들여졌다.

협력 관계를 구축하는 대신에 힘을 받는다…… 그런 계약이다.

"그리고…… 설마 이렇게나 빨리 결과가 나올 줄이야……!"

아무래도 아오이가 자각할 정도로 힘이 넘쳐나는 듯했다.

실제로 내가 보더라도 오라가 조금 달라져 있었다. 원래부터 터무니없었던 만큼 극적이라고 할 것까지는 아닌 변화이지만, 그래도 느낄 수 있을 정도로는 변화가 있었다.

좋은 경향이네.

"자, 여하튼 두 가지, 정리해야만 하는 문제가 있는 모양이네요. 어느 쪽이 급한가요?"

"엘프겠죠."

바로 리리가 대답했다.

원래 그럴 예정이었으니까.

"알겠어요. 이곳의 봉인도 조금 전에 봤더니 바로 어떻게 될 건 아니었죠. 저 녀석은 수천 년 안으로 해결하면 그만이니까."

"단위가 이상해……."

보통은 내가 살아있지를 않으니까 말이지?

"그렇다면 필연적으로 엘프겠죠. 주인님은 이대로라면 수천 년도 못 살 테니까요."

"이 아이와 함께 한다면 수명도 어떻게든 해야겠네."

리리와 티에라가 말했다.

다시금 움직임이 정해졌구나.

수명 문제가 겸사겸사 진행되는 부분이 무서운데…….

"좋一아! 그럼 엘프의 마을을 태우자一!"

자잘한 일은 신경 쓰지 않는 빌레나가 기운차게 외쳤다.

그 구령은 정말로 어떨까 싶지만…… 뭐, 됐나.

◇

"호오…… 이곳이 린트 경의 성이로군요."

사룡의 둥지를 떠나서 아오이와 함께 일단 플레멜의 집으로 돌아왔다.

확실히 아오이의 말대로, 이미 이 집은 성이라고 해도 될 정도로 말도 안 되게 커다랗지만…….

"게다가 이 앞의 개척 중인 숲까지 전부, 린트 군 거니까!"

"오오…… 역시나 이만큼 강력한 부하를 거느린 분이군요."

아오이의 받아들이는 방식은 뭔가 신선하네.

반대로 이것은 빌레나랑 동료들 덕분이라는 측면이 크다고 생각하는데.

"자, 그럼 작전 회의야―!"

빌레나가 외쳤다.

밀라 씨와 시케스가 재빨리 준비를 갖추어, 식당을 회의실처럼 정리해주었다.

"이거, 루미 씨나 쿠엘도 부르는 편이 나을까."

드디어 엘프에게 쳐들어가게 되는 것이다.

이제까지와는 이야기의 규모가 다르고, 최악의 경우에는 죽는 사람이 나오더라도 이상하지 않다.

죽어도 되살아날 수 있다보니 감각이 이상해지지만, 이곳에 있는 멤버는 누구 하나 잃는 것만으로 대륙에 큰 영향을 미치는 멤버들이다.

아오이라는 전력이 늘어난 것도 포함해서, 보고는 해두는 편이 낫겠지.

어쩌면 모험가 등록의 수고도 여기서 생략할 수 있을지도 모르니까.

"시케스."

"벌써 갔어. 자, 이거 먹으면서 기다리지 그래?"

평소의 옷이 아니라 제대로 된 메이드복을 입은 밀라 씨가 다과를 테이블로 가져다주었다.

아무 말 안 해도 멋대로 움직여주는 건 고맙네…….

"주인은 이만큼 여자가 있는데도 독점욕이 강하니까 말이야. 남자가 왔을 때는 맨살을 가리도록 하지."

"나한테는 가차 없는 것 같은데……."

"무서운 분이로군요……."

벨과 바론이 뭔가 말했다.

아니, 바론은 어떻게든 할 것이라는 신뢰도 있지만…… 뭐, 지금은 됐다.

이 이상 아오이한테 이상한 소리를 하기 전에 먼저 이야기를 할까.

"아오이한테 물어보고 싶은 게 좀 있는데."

"예, 뭔가요?"

바로 이쪽으로 흥미를 향해주었다.

"이곳에 왔을 때, 지붕에 드래곤이 있던 거 알았어?"

"아! 무척 소양이 느껴지는 좋은 개체였어요!"

오오.

용이 이렇게 말하니까 뭔가 자랑스러운데.

"길이라고 하는데, 우리 파티에는 아무래도 위험하니까 따라오질 못하거든. 드래곤이 강해지는 방법 같은 게 있을까?"

"으음…… 기다려주세요. 저런 수준의 개체가 따라오질 못하는 건가요?"

"요전에는 고라 산맥이라는 설산에 가서, 도중에 돌려보냈지."

"세상에……. 고라 산맥은 알고 있는데, 저 아이라면 딱히 문제는 없지 않을까요."

"어?"

이런 쪽의 판단은 다른 사람들한테 전적으로 맡겼는데, 빌레나가 그런 기준을 그르쳤다고는 여겨지지 않았다.

"흐음……. 지나치게 과보호가 되었다…… 아니, 그것만으로는 설명이 안 되는군요……."

아오이가 무언가 생각에 잠겨 있으니까 리리에게 도움을 청했다.

"물론 고라 산맥에 들어가는 것뿐이라면 괜찮지만, 그대로 전투에 말려들 경우에는…… 그런 정도일까요."

이 인식은 나도 일치했다.

하지만 고민하는 아오이의 모습을 보기에, 조금 더 무언가 그런 부분이 문제가 있나 보다.

"혹시…… 길, 우리한테 힘을 감추고 있나요?"

"어……?"

"감추고 있다기보다…… 어쩐지 알겠어요."

리리가 혼자서 납득한 표정을 지었다.

"잠깐만. 혼자서 납득하지 말로 설명해줘."

"후후. 그건 아오이한테 들으면 되지 않을까."

아오이를 봤더니…….

"음……. 직접 보지 않은 이상 확실하지는 않지만…… 린트 경 일행이 너무나도 규격 밖이라서 위축된 것뿐인 게 아닐까요? 덧붙여서 그걸 과도하게, 갓난아기처럼 소중하게 대하고 있다든지 그런 걸 아닐지."

"어라? 그건……."

"자신감이 없어서 본래의 힘을 보여주지 못한다는 이야기겠죠."

"후후. 마치 서방님 같네."

티에라가 말하기 전에 이미 그렇게 생각한 내가 있었다.

"그럼 의식을 바꾸는 것만으로 강해지는 건가."

"주인님처럼 완고하지 않다면 좋겠지만요."

리리가 웃음을 머금었다.

뭔가 이렇게…… 길을 통해서 나 자신을 돌아보니 복잡한 기분이었다.

"그에 대해서는 나중에 이야기할까……."

때마침 쿠엘과 루미 씨가 둘 다 찾아왔기에 일단 중지되었다.

남은 것은 앞으로의 행동을 정리하는 것뿐이다.

"여어. 이것 참, 이런 훌륭한 회의실이 있다면 앞으로도 이쪽으로 불러 달라고."

쿠엘이 다가와서 그렇게 말했다.

"무척 전부터 그랬지만, 길드보다 훌륭한 건물이니까요⋯⋯ 여기."

"이제부터 개척도 진행한다면 차라리 길드 이전도 생각해봐도 괜찮을지도 모르겠네."

뭐, 확실히 신국과의 숲을 개척해서 그쪽에 이것저것 생긴다면, 괜찮을지도 모르겠네.

"자, 그럼 이야기를 들어볼까⋯⋯ 그렇게 생각했는데 또 터무니없는 아이가 늘어났구나."

쿠엘이 아오이를 보고 말했다.

"알겠어?"

"터무니없다는 것만큼은 알겠어. 그래 봐야 내가 봤을 때 터무니없다, 라는 것까지만 아직 알겠지만 말이지."

"냐하하. 용이야, 아오이는."

빌레나가 시원스럽게 말했다.

그것이 그저 드래곤과 다르다는 사실은 쿠엘에게도 바로 전해졌다.

"⋯⋯아아, 이제는 놀라움보다도 납득이 더 빨리 찾아와 버리는군."

"이제까지 어지간히도 시달렸군."

벨에게 걱정을 사고 있었다.

"앞으로의 일을 생각하면 이런 대형 전력이 가입한 건 기쁜 일이니까요."

"으음…… 여러분은 엘프의 숲과 사룡의 둥지 문제를 해결하시는 거죠……?"

"그래—! 엘프를 먼저 하게 되었지만!"

"서방님의 수명을 늘리는 것부터, 말이지."

"점점 더 인간을 벗어나는구나…… 린트 군."

부모님 같은 눈빛을 보내는가 싶었는데, 리리랑 티에라의 이야기를 듣고 먼 곳을 보는 눈빛이 되었다.

그 기분은 알겠어…….

"으음…… 일단 쿠엘한테 와달라고 한 건 아오이 소개랑 모험가 등록 부탁 때문인데, 되겠어?"

"물론이야. 우리로서도 등록 정도는 해두지 않으면 불안하다고. 잘 부탁해, 아오이 군."

"감사합니다. 잘 부탁드려요."

일단 이쪽은 문제없겠다.

"그래서, 날 불렀다는 건 이제 가겠다는 이야기겠지?"

"그래."

그것만으로 의도는 전해졌다.

만약의 경우에는 부탁한다는 이야기다.

"이것 참……. 시골 길드 마스터한테는 짐이 무거우니까, 빨리 무사히 돌아와 달라고."

"괜찮아요. 주인님은 몇 번을 죽더라도 무사히 데려올 테니까요."

"성녀 님이 그렇게 말한다면 안심이겠지?"

쿠엘이 웃는데 몇 번인가 죽는다는 이야기에는 딴죽을 걸어주지 않았다.

"아오이한테 길을 좀 봐달라 그러고, 며칠 안으로는 나갈 테니까."

"알고 있어. 너희가 가만히 있을 수 있는 건 고작해야 하루 정도겠지?"

아무런 대답도 할 수가 없었다.

"그러니까 루미 씨한테는 또 이것저것 맡겨버릴 텐데."

"괜찮아요. 그렇게 말씀하실 거라 생각해서 여기 린트 씨한테 확인을 부탁드리고 싶은 내용을 정리해 뒀으니까요."

싱긋 웃으며 서류 다발을 꺼내는 루미 씨.

어…… 정리해서 그거라고……?

"놓치지 않을 테니까요? 오늘은?"

생글생글하면서도 압박이 장난 아닌 루미 씨.

아무래도 도망치지는 못하겠네…….

◇

"끝났다……."

루미 씨가 정리해준 서류를 한바탕 훑어보고 도장을 찍는 것뿐인 작업이지만…… 양이 너무나도 엄청났다.

아니 뭐, 저 많은 양을 정리해준 루미 씨 쪽이 큰일이었다는 건 알고, 계속 옆에 있으면서 내 세 배 이상의 스피드로 서류를 처리하는 루미 씨를 보고 있으면 대충할 수도 없었지만…….

"피곤해……."

치유가 필요하다.

다행히 파티 멤버도, 밀라 씨도 시케스도 어딘가에는 있을 터.

루미 씨에게 응석을 부리려고 했지만 아직 일이 있다며 길드로 돌아가 버렸으니까 조금 욕구 불만이 된 참이기도 했다.

"이미 다들 침실에 있을 거라 생각하지만……."

그러면서 침실 문을 열었는데…….

"어하?"

"냐하하. 기다렸어, 린트 군."

그곳에 있던 것은 빌레나와 리리뿐이었다.

"어라? 다른 사람들은?"

"각자 할 일이 있는 모양이었어요."

그러고 보니 서류 작업에 쫓기는 것은 나만이 아니었다.

바론도 신국과 관련된 일 때문에 바쁘다 보니 벨의 도움을 받고 있다.

티에라도 적대하지 않는 엘프들을 위해서 움직임을 어느 정도 파악하는 중이다.

아오이는…….

"그러고 보니 길도 없구나."

"아오이가 데려갔어."

길의 성장을 촉진할 수는 없을지 상담했으니까 바로 움직여주는 것이었다.

"린트 군. 아직 아오이하고는 안 했단 말이지?"

"아니⋯⋯."

"후후. 오늘은 저희로 참아달라고요?"

리리는 이미 옷을 벗어 가슴을 드러냈다.

빌레나도 유혹하듯이 침대에 네 발로 엎드리고, 엉덩이만 높이 들고서 이쪽을 보고 있었다.

이런 모습을 봤으니 다른 생각을 할 여유가 사라졌다.

끌려들듯이 침대로 걸어가서는⋯⋯.

"조금 쌓여 버렸으니까, 각오하라고?"

빌레나가 어느샌가 내게 안겨들어서 침대로 눕혔다.

그러는가 싶었더니 이미 리리가 나를 뒤덮고⋯⋯.

"점점 사람이 늘어나는 건 기쁜 일이지만⋯⋯ 그 탓에 아무래도 시간이 줄었으니까요."

"그래그래. 뭐, 모두 있는 것도 좋지만⋯⋯ 그렇지?"

그렇구나. 두 사람 나름대로 참아주고 있었나 보다.

다른 멤버들도 어쩌면 배려를 했을지도 모르겠다.

아니면 두 사람이 얼마나 진심인지가 보여서 따라갈 수가 없겠다며 대피했을 가능성도 없지는 않지만⋯⋯.

그건 그렇고, 두 사람이 그렇게 말한다면 나도 의욕을 내자.

"나도 좀, 평소보다 격렬할지도."

"좋네좋네── 응?! 갑자기?!"

빌레나의 사타구니를 더듬어 젖어 있는 것을 확인하고 바로 손가락을 넣었다.

동시에…….

"앗! 주인…… 님…… 으으응!"

날 뒤덮고 있던 리리의 가슴을 붙잡고 억지로 유두를 입에 넣어 가볍게 깨물었다.

"응! 아앗!"

리리는 쉽게 느끼고 유두도 약하다.

조금 난폭한 정도가 잘 통한다는 것도 아니까, 한 손으로 오른쪽 유두를 만지고 그대로 왼쪽 가슴은 혀로 공략했다.

빌레나도 이미 준비는 되었을 정도로는 젖었으니까, 손가락도 세 개로 늘려서 질 안을 공략했다.

"앗…… 거기…… 으응!"

새삼스럽게 어디가 기분 좋은지 확인할 필요도 없었다.

넣어서 공략할 때와는 또 다른 장소를 공략할 수 있으니까, 의외로 빌레나는 넣었을 때 수준으로 느껴주었다.

그 증거로…….

"앗! 잠깐! 응! 가버려…… 아아아아아아아아아아!"

"어머어머. 그럼 오늘은 제가 먼저네요…… 응!"

빌레나가 간 틈을 파고드는 모양새로 리리가 다시금 기승위로 내 물건을 넣었다.

"응! 하아…… 으으응!"

넣은 것만으로 가볍게 간 것 같지만 리리는 그대로 허리를 움직이기 시작했다.

"앗! 아아앗!"

"음…… 잠깐 방심했더니……."

부활한 빌레나가 참전해서…….

"리리는 가능한 한 빨리 다운시키고 린트 군을 돌려받을까."

"훗…… 으웃…… 앗! 그렇게 간단히는…… 햐앗!"

"냐하하. 이쪽도 약하단 말이지?"

빌레나가 리리의 엉덩이에 손가락을 넣은 순간, 리리의 질 안이 단숨에 수축했다.

아마도 갔을 테지만 자극이 지나치게 강해서 그런지 오히려 스위치가 들어간 듯 움직임이 더욱 격렬해졌다.

"큭…… 이건……."

"후후. 괜찮다고요? 제 안에서 끝내요."

"그런 여유 없는 주제에!"

"응! 아아아아아! 앗…… 크…… 흐으…… 하아…… 나중에 각오하라고요? 빌레나—— 으으으으으으으으으웅!"

유두를 빨리며 엉덩이도 손가락으로 계속 희롱당하는 리리에게 여유는 없지만, 그 여유가 없는 움직임 탓에 나도…….

"간다……!"

"예. 같이…… 응! 아아아아아아아아아아!"

질 안에서 성대하게 끝을 맞이했지만…….

"앗! 아니…… 잠깐만! 응! 아아앗!"

"후후. 더는 반격할 수 없을 만큼 보내버려도 되겠지?"

"아니…… 지금 그건 무척 격렬했으니까 자극이…… 앗! 으으으으웅! 앗! 으아아앗!"

리리의 신음 소리가 점점 격렬해지고, 들어본 적이 없을 수준이 되었다.

그보다도 이거…….

"빌레나, 미안하지만 나도 리리 엉덩이, 공략하고 싶을지도."

"어쩔 수 없네."

떨떠름한 느낌이 있는 말과는 달리, 씨익 웃으며 빌레나가 리리에게서 떨어졌다.

"햐앗!"

금세 리리는 침대에 쓰러져서 네 발로 엎드리고…….

"으으으으으으으응! 아아아! 앗! 이건…… 아아아아아아아아아아."

갑자기 엉덩이에 넣었다.

"으홋…… 아앗! 으으으으으으으응!"

표정을 유지하는 것도 어려워진 리리가 굉장한 목소리를 냈다.

"린트 군. 리리 엉덩이 때리면 더 굉장해져."

"잠깐! 앗! 아아아아아아아! 으으으으으으으으으응!"

이미 굉장해졌는데도 어떻게 되는 것일까, 그런 호기심이 필사적으로 나를 제지하려는 리리의 애원을 무시하고…….

——찰싸아아아아아악

"으으으으으으으옷."

시험 삼아서 가볍게 때렸더니 생각보다도 효과는 발군이었다.

몸을 크게 들썩여서 몇 번이나 갔다는 것을 알 수 있었다.

"무리…… 하아…… 하아……."

너무나도 격렬하게 갔으니까 일단 진정시켰다.

리리가 침대에 쓰러지듯이 힘을 빼고서 간 참에, 빌레나와 시선을 마주쳤다.

둘이서 씨익 함께 웃은 뒤.

——찰싸아아아아아아아아아악.

"하으앗?! 으으으응오오오오오오오오오오오…… 죽어…… 죽어버려으가아아아아아아."

조금 전보다 힘을 줘서 엉덩이를 때리는 것과 동시에, 방심하던 참에 한 번 더 허리를 움직였더니 이제까지 중에서 가장 격렬한 느낌으로…….

"하아…… 앗…… 응……."

그대로 침대에 쓰러져서는 꿈틀꿈틀 경련만 하는 상태가 되었다.

"냐하하. 그럼 내 차례."

리리의 비참한 모습을 제쳐놓고, 빌레나가 더는 못 기다리겠다는 듯이 내 물건을 자기한테 대고…….

"으으으으응!"

"빌레나는 엉덩이가 아니라도 되겠어?"

"냐하하…… 저쪽은 나도 엄청난 일이 되어버리으으으으응?!"

앉은 채로 넣은 덕분에 엉덩이가 손에 닿았기에 그대로 손가락을 넣어봤다.

이러니저러니 해도 빌레나도 이쪽, 싫지는 않겠지.

"응! 아앗! 앗!"

어떻게든 움직임을 격렬하게 해서 대항하려고 했지만, 엉덩이에 넣은 손가락과 질 안에 넣은 물건을 움직이는 것만으로 그녀의 움직임을 컨트롤할 수 있었다.

"응! 잠깐…… 이거…… 이대로는…….."

"가버려?"

"굉장한 게…… 굉장한 게 와버려으으으으으으으으으응!"

빌레나가 꽉 끌어안고서 몸을 꿈틀꿈틀했다.

그동안에도 공략하는 손길을 쉬지 않았다.

"아앗! 응! 잠깐만…… 숨이…… 아아앗! 앗! 으으으으으으응!"

가는 도중에도 끊임없이 공략하고…….

"응! 아앗! 으으으응!"

"나도 간다……!"

"응…… 더는 무리……니까……아앗! 아아아아아아아아아아아!"

빌레나가 힘껏 나를 끌어안고, 아슬아슬 어떻게든 몸을 움직여서 함께 끝냈다.

"하아…… 하아…….."

"응…… 하아…… 린트 군…… 강해졌구나."

어느 쪽의 의미인지 알 수 없는 의미심장한 말을 남기고, 리리 옆에서 빌레나도 잠이 들었다.

엘프의 숲을 태우자

타닥타닥…….

"우와…… 정말로 했구나……."

이틀 정도 영지에서 보낸 후, 우리는 다시금 엘프의 숲으로 향했는데…….

"냐하하!"

빌레나는 정말로 즐거워 보였다.

과거 본 적이 없는 수준으로 멋진 미소였다.

"생각했던 것보다 거주 분리가 진행되어 있었네. 이미 하이 엘프가 된 장로진을 따를지 저항 세력으로서 남을지, 그렇게 나뉜 것 같아."

티에라가 담담하게 말했다.

지금 막 자기 마을이 불에 타고 있는데…… 그보다도 직접 태우고 있는데 이런 모습이었다.

이곳은 엘프의 최고 중요 거점.

불가침 영역으로 여겨지던 성역이다.

그것을 태우는 것인데, 이만큼 티에라와 장로 사이에 큰 어긋남이 있었나 보다.

이야기를 들은 각자의 감상은 이랬다.

"장로들은 바보냐?"

"성역은 오랜 세월에 걸쳐서 쌓인 마력장, 인가. 그것을 흡수해서 하이 엘프가 되었다면 뭐, 그 땅에 가치가 사라지는 것은 당연하군."

벨과 바론의 말대로, 하이 엘프가 된 장로진은 치명적인 잘못을 저지른 것이었다.

성역은 신성하니까 성역이 아니다. 마력장이니까 성역이라고.

이미 하이 엘프가 토지의 힘을 흡수했다면 그곳은 그저 숲이다.

물론 그럼에도 본래는 숲과 엘프는 강하게 맺어져 있지만, 티에라만이 아니라 대부분의 엘프가 이 숲을 떠날 정도의 상황.

그것을 만들어낸 것이 장로들이라는 이야기였다.

"장로들에게는 쉽게 벗어날 수 없는 땅이겠지. 그보다도 죄책감일까."

"죄책감?"

"그래. 본래 숲과 엘프는 서로를 떠받치는 존재. 그런데도 이렇게 될 때까지 일방적으로 힘을 빼앗아버린 것에는 아마도, 죄책감이 있을 거라고 생각해."

티에라가 말했다.

그렇구나. 그런 요소도 있을 것이다.

"그렇지만 장소 자체에 가치가 있다고 맹목적으로 믿는 면도 있지."

돌이킬 수 없는 감정도 있을 테지.

타닥타닥.

불은 기세가 더욱 강해졌다.

엘프는 본래 숲의 마력장에서 힘을 끌어내어 마법을 사용한다.

자연의 에너지를 마력으로 바꾸는 것이다. 당연히 개개인이 가진 힘보다 훨씬 커진다.

힘을 잃은 숲이라도 있는 것과 없는 것은 크게 다르다.

그러니까 이렇게 태웠다.

뭐, 다만 마력장에 의지하는 것은 아니고, 강력한 자연의 마력을 컨트롤해야만 하는 엘프도 당연히 상응하는 힘을 가지게 되는 것이다.

그러니까…….

"숲의 마력은 이 화재로 완전히 끊어지더라도, 장로들은 강해."

"몇 명이더라."

"여덟 명."

빌레나, 리리, 바론, 벨, 티에라, 아오이, 나…….

"한 사람 부족하지 않나?"

"최고 장로는 아마도 그 자리에서 움직이지 않을 테니까, 일곱 명을 쓰러뜨리면 최고 장로에게 집중할 수 있을 테지."

"움직이지 않아……."

"정확하게 말하면 움직일 수 없다, 겠네."

티에라의 설명을 보충하듯이, 숲의 상황을 보고 와준 리아밀이 돌아와서 말했다.

"최고 장로는 역시 신목과 일체화된 상태야. 숲이 사라져도 저렇다면……."

"리아밀. 저런 불 속으로 다녀왔는데 정말로 괜찮아?"

"나는 정령이라고? 그리고 저 불도 정령이니까 당연히 괜찮지.

······뭐, 걱정해준 건 나쁜 기분은 아닌데?"

어이없다는 듯이 마구 떠드는가 싶더니, 등을 돌려 수줍은 심정을 감추며 감사의 말도 했다.

여전히 바쁘고 귀여운 녀석이었다.

"그럼 여기서 기다리면 나오는 건 일곱 명이구나─!"

"오히려 거기까지가 전초전 같은 일인가······."

바론이 한탄했다.

"어라? 신목과 일체화되었다면 움직일 수 없으니까 쓰러뜨리는 것도 간단하지 않나?"

최고 장로를 지키려는 일곱 명과 싸우는 이야기라고 생각했는데······.

"성역의 중심. 신목과 일체화해서 이 주변의 모든 마력을 조종할 수 있게 되었으니까. 원래 숲에 있던 마력에 더해서, 숲이 모두 타더라도 주변의 마력을 자유롭게 쓸 수 있어요."

"어······."

리리의 설명에 따르자면 정말로 터무니없는 상대다······.

숲을 태우는 의미는 어디까지 있을까······. 아니, 당연히 의미는 있을 테지만, 빌레나 등등은 의미가 없더라도 했을 것 같은 만큼 의문의 불안이 나를 덮쳤다.

"그렇지만 저쪽에서 공격하는 일은 없겠지. 이미 자아도 감정도 없는 그저 시스템이 되어 있다. 파괴하려고 한다면 **저항**할 테지만."

저항의 정도에 따라 다르다는 거구나······.

일단은 우선 다른 일곱 명이 상대라는 것이다.

"이번에는 개인적이 아니라 파티전으로 하는 편이 낫겠지."

"하이 엘프는 하나하나가 리미터를 해방한 벨과 동등…… 숲의 가호를 빼앗았다고는 해도 방심할 수는 없어요."

"마왕을 일곱 명 상대하는 것과 같다는 말인가……."

"주인, 나는 역대 마왕보다 강하다고?"

"제발 좀 봐줘……."

일단 벨의 리미터는 이미 해제되어 있었다.

장소가 장소다. 이곳이라면 이제 다소 지도의 모양이 바뀌더라도 눈을 감아주자.

이번에는 마왕급인 벨의 힘과 신화급인 아오이의 힘이 주요 전력이다.

"후후. 린트 경에게 테임을 받아서 힘이 넘쳐나고 있으니까요!"

아오이의 가입이 없었다면 조금 더 준비에 시간이 걸렸을지도 모른다.

"냐하하. 마왕 클래스를 때릴 수 있다니……!"

"이제까지의 울분을 풀 수 있을 것 같네."

어떤 의미로 빌레나와 티에라는 마왕보다 무섭다.

"아무리 다쳐도 죽어도 괜찮으니까요. 한순간에 치유할 테니까요."

그리고 가장 무서운 것은 이 리리일지도 모른다.

바론과 얼굴을 마주 봤다.

"의지할 수 있는 동료라 다행이군."

"정말이야……."

파티전에서 가장 가혹한 역할을 짊어진 것은 바론이다.

멤버 중에서는 가장 힘은 뒤처지는 상황이지만 중전사인 바론
의 적성은 전위.

전선에서 가능한 한 적을 끌어들여서 후방의 대화력 준비 시간
을 만드는 것이다.

"여차할 때를 대비해서 적어둔 건 린트 경의 집에 두고 왔다."

유서까지 준비했다.

그런 바론에게 리리가 마력을 실으며 말했다.

"괜찮아요. 바론에게는 최대급의 버프를 걸 테니까요."

말을 마치는가 싶더니 바로 영창에 들어갔다.

리리가 영창할 때마다 바론 주위를 마력파가 돌아다니고…….

"이거, 무슨 마법이지……."

"리리가 굳이 영창을 한다니 별일이네―."

"……이만한 마법…… 처음 봤어요."

리리의 마법을 처음으로 본 아오이는 살짝 기겁한 모습이었다.

"후우……. 영속 회복 마법. 대역 마법. 방어력 상승. 기초적인
것뿐이지만 이번에는 필요할 테니까요."

"영속 회복이라니…… 게다가 방어력도 내가 보더라도 굉장해
졌다는 걸 알겠어……."

"게다가 이건…… 아마도 세 번 정도라면 죽어도 문제없는 대
역용 마력을 느껴."

어디를 보더라도 터무니없는 마법이었다.

그리고 이번에는 그것만으로 끝나지 않았다.

"흠…… 그럼 저도."

화악, 아오이 주위에 거대한 무언가의 마력이 소용돌이치는 것이 보였다.

다음 순간에는 전원 곁으로 그 힘이 전해졌다.

"이건…… 『용왕의 가호』인가요."

"그래요. 짧은 시간이지만 나름대로 효과는 있지 않을까요."

나름대로 수준의 이야기가 아니다.

참고로 오늘은 길도 참전한다. 용왕의 가호를 받고 가장 극적인 변화를 보여준 것은 길이었다.

"뿔……?"

"그르아아아아아아아아아아아아아아아아아아."

든든한 목소리가 울려 퍼졌다.

애당초 이 숲을 태우는 불꽃 자체가 길이 한 것이었다.

오늘은 다소 지형이 바뀌더라도 문제없다고 할까, 처음부터 숲을 지도에서 지우러 왔다.

그렇다고는 해도 다른 멤버의 마법으로는 지나치게 강력하니까 길의 브레스가 딱 적당했던 것이다.

"강해졌구나—! 길!"

"그르르르르."

빌레나가 쓰다듬으니 기분 좋아하는 모습을 보면 평소 그대로이지만 뿔이 커져 있었다.

그 모습은 이미 어지간한 드래곤과는 전혀 다른 장엄함을 겸비

하고 있었다.

"굉장하네……."

"이 아이는 더더욱 강해질 거예요. 무척 착한 아이니까요."

아오이가 길을 다정하게 쓰다듬었다.

브레스의 위력이 딱 적절해졌다고는 해도, 길이 이곳에 있을 수 있는 것은 아오이 덕분이었다.

나는 서류에 쫓기던 탓에 자세히는 모르지만, 이곳으로 올 때까지 그녀가 길을 조금 돌봐주었다고 한다. 고작 하루였지만 무엇을 했는지 신기할 정도로 변한 것이었다. 길이 자신감 넘치는 표정으로 이쪽을 보고, 그리고 아오이에게 머리를 비볐다.

"그르르."

"무척 친해졌네. 용과 드래곤은 다른 생물일까 싶었는데, 그런 쪽으로는 어때……?"

"이 아이가 특히 착한 아이예요. 그래도 역시나 용과 드래곤은 비슷한 존재. 인간의 입장에서는 수인이랑 엘프와의 차이 정도일까요."

"아, 그렇구나."

빌레나를 보면…… 뭐, 차이는 크지만 일반적인 수인을 생각하면 이해할 수 있었다.

요컨대 아인으로서 같은 동료이지만 종으로서는 다르다는 건가.

엘프는 좀 더 알기 쉬울지도 모르겠다. 용모, 마력, 수명…… 인간이 원하는 많은 것에서 웃도는 부분이 있었다. 드래곤이 본 용은 그런 느낌일까.

그런 대화를 나누는 사이…….

"슬슬 시작인가."

벨이 활활 타는 숲을 보고 중얼거렸다.

"그러네."

티에라가 동의했다.

이미 전원 임전 태세. 남은 것은 적을 맞이하고자 각자의 자리에 배치하는 것뿐이다.

전위가 바론.

그 보좌로 움직이는 것이 나와 티에라.

유격으로 빌레나, 벨, 아오이.

후위가 리리.

가장 앞이 바론이고 가장 뒤가 리리라는 것 이외에는 유동적이다.

싸움이 시작되면 아무래도 상대에게 맞추어야만 하니까.

"와요."

리리가 말한 순간.

──키이이이이이이이이이이이이이이이

"이건 뭐야?!"

타오르는 숲속에서 이상한 소리가 울리고 빛이 넘쳐났다.

그리고…….

──쿠웅

갑자기 발생한 의문의 소리를 중심으로, 둔탁한 소리를 내며 타오르는 숲 전체를 무언가의 에너지가 덮어 누르듯이 떨어졌다.

"진짜냐……."

충격이 가라앉고 숲을 봤더니 순식간에 큰불이 진화되어 있었다.

불탄 성역에도 마력은 아직 남아 있었는지, 그 잔류 마력이 반짝반짝 빛을 발했다.

"최고 장로가 움직였네."

"저대로 불에 탈 바에야 모조리 짓뭉개겠다는 건가."

"……필요해지면 저 마법은 언제든지 또 온다는 건가."

긴장감이 높아졌다.

그리고…….

"납시었나 보군요."

나타난 것은 사람 형태의 빛이었다.

사람 형태라고는 했지만 부정형의 꺼림칙한 존재로, 손의 숫자나 몸의 생김새는 제각기 달랐다.

"저것이 하이 엘프……."

카게로와 처음으로 대치했을 때를 떠올렸다.

정령체였다. 강함이 생긴 것과는 크게 다르다. 생명으로서의 격이 하나 올랐기 때문이다. 뿔이 생기거나 날개가 생기는 것 같은, 그런 변화다.

하이 엘프의 힘의 차이도 어쩌면 그때의 나와 카게로 정도일지도 모른다.

"큐쿠."

"고마워, 괜찮아."

이미 빙의를 마친 카게로가 목만을 어깨에서 내밀어 괜찮다고 말을 건네어주었다.

오히려 걱정인 것은…….

"하이 엘프…… 방심하다가는 나, 저쪽에서 **가져가버릴** 거야."

리아밀이 웬일인지 약한 모습으로 그렇게 말했다.

"그렇게 두지 않는 게 테이머니까."

"……믿을게."

리아밀은 정령.

계약했다고는 하지만 정령을 사역하는 것에 뛰어난 엘프, 그 상위 존재인 하이 엘프를 상대로는 아무래도 거북한가 보다.

"큐!"

"큐르케도 잘 부탁해."

"큐!"

이렇게나 든든한 파트너가 있다.

이번에는 길도 함께 싸울 수 있다.

리아밀 하나만은, 내가 지키겠다는 생각으로 싸우자.

게다가 이쪽도 하이 엘프에게 지지 않는 쟁쟁한 멤버다.

"흠…… 우선은 우리도 인사를 하러 갈까."

벨이 머리 위에 극대 어둠 마법을 전개했다.

"지옥의 업화도 지울 수 있을까?"

숲 전체를 뒤덮을 만큼 꺼림칙한 검고 거대한 불꽃이 막 진화된 숲과 그곳에서 모습을 드러낸 하이 엘프들에게 쏟아졌다.

대항하듯 하얀 빛이 발사되었지만 짓뭉개듯 벨이 펼친 불꽃이 숲으로 들이닥쳤다.

"굉장해⋯⋯."

벨의 마법에 홀려 있었더니 갑자기 누군가가 몸을 잡아당겼다.

"방심하지 마라, 주인."

"어?"

휘잉, 조금 전까지 내 머리가 있었을 지점을 무언가의 빛이 지나갔다.

그 빛이 그대로 상공으로 빨려 들어간 뒤⋯⋯.

──콰앙

공중에서 폭발했다.

"우와⋯⋯."

벨이 잡아당기지 않았다면 죽었을지도 모른다.

벨의 마법을 당하고 반격까지 하다니⋯⋯.

큐르케가 정신 바짝 차리라는 듯이 내 가슴을 가볍게 찔렀다.

마음을 다잡아야겠다.

"좋─아! 가자!"

나보다 먼저 빌레나가 뛰어나갔다.

다음 순간에는 하이 엘프 하나 앞에 다다라서 기세 그대로 후려쳤다.

하지만 하이 엘프는 빌레나의 일격에 날아가지 않고 그 자리에 머무르며 반격에 나섰다.

"빌레나의 스피드와 체력으로 저런가······."

다시금 하이 엘프가 얼마나 강한지 인식했다.

전위를 맡은 바론 곁에는 이미 하이 엘프 셋이 들이닥치고 있었다.

"하나는 내가 맡을게."

그러더니 티에라가 마법진을 전개했다.

바론 곁으로 향하던 하나가 티에라의 마법으로 출현한 나무들에 휘감기듯 상공으로 날아갔다. 곧바로 그곳으로 티에라가 마법 활을 날렸다.

하나하나가 A랭크 클래스의 몬스터를 일격으로 처리할 수 있을 정도의 위력.

하지만.

──까앙

간단히 흘려냈다.

역시나 이것으로 어떻게 될 상대가 아닌가.

그래도 하나는 확실하게 바론에게서 떨어뜨리는 것에 성공했으니까 티에라는 그쪽 대응에 나섰다.

"좋아, 우리도 가자고!"

"큐!"

티에라와의 특훈에서 했던 그대로, 카게로와 리아밀을 통해 정령 빙의의 강도를 올려서 대응하고 있었다.

리리가 뒤에서 영속 힐을 걸어주는 덕분에 평소보다 더 나설 수 있다. 평범하게 한다면 카게로와 이렇게까지 계속 깊게 이어져 있다가는 금세 몸이 버티질 못하겠지만, 오늘은 괜찮다.

"가자!"

"큐쿠우우우우우우."

카게로와, 그리고 아직 조금 위축되어 있는 리아밀과 호흡을 맞추어 뛰어나갔다.

뛰어나간 기세 그대로 바론에게 들이닥치는 하나를 위에서 후려쳤다.

반응은 있다. 하지만 금세 빛 덩어리에서 손 같은 것이 나를 향해 뻗어 나왔다.

"큐큐!"

큐르케의 검으로 튕겨내고는 자세를 가다듬고, 그대로 바론에게 들이닥치는 다른 하나를 상대하려고 했다. 하지만 바론이 눈짓으로 제지했다.

"하나로 충분해. 나도 아무런 준비도 없이 온 건 아니니까!"

그러더니 바론의 몸이 어둠에 감싸였다.

저건 뭐야?!

"오오. 간신히 습득했나."

"저건?"

반응을 한 벨에게 물었다.

"악마 빙의라는 식으로 말하면 될까. 우리 세계의 마력이 몸에 깃드는 힘이다. 몬스터에게 뿔이 자라는 것과 비슷하다고 생각하면 돼."

"그거…… 단순히 전투력이 두 배 이상이 된다는 거구나……."

바론의 원래 힘을 생각하면 터무니없는 이야기다.

물론 이것도 리리의 회복이 있기에 가능한 일임은 알 수 있었지만, 그럼에도…….

"방심하지 마라. 주인."

"그래."

벨이 다시 떨어졌다.

내가 상대를 하던 하이 엘프는 큐르케가 견제하는 덕분에 일시적으로 거리를 벌린 상황.

현재 내 공격으로는 거의 대미지를 줄 수 없다. 빌레나랑 티에라의 공격으로도 날아가지도 않는 것이다.

"빌레나의 공격으로 쓰러뜨리지 못하는 상대라니, 생각해본 적도 없었어."

그렇다면 역시나 화력으로서 의지할 수 있는 것은 벨과 아오이, 둘이었다.

그중 하나인 아오이가 움직였다.

"용의 기술…… 쇄파!"

아오이가 칼을 뽑는 것과 동시에, 하이 엘프 둘을 향해 무언가 마법 같은 것이 날아갔다.

하이 엘프 중 한쪽은 피했지만 다른 한쪽은 둘로 쪼개졌다.

"굉장해……."

"끝을 내야겠군."

몸이 반으로 나뉜 정도로는 멈추지 않는 것이 하이 엘프.

갈라진 빛이 또다시 결합하려고 다가가는 참에, 곧바로 벨이 접근해서 어둠 마법을 전개했다.

"어둠 속에 잠들어라!"

벨이 전개한 검은 소용돌이에 둘로 나뉜 하이 엘프가 삼켜졌다.

날뛰는 빛 덩어리를 어둠이 집어삼키고 마침내 하나, 완전히 그쪽으로 집어넣는 것에 성공했다.

"나머지 여섯!"

간신히 우리와 숫자가 맞추어진 모양새가 되었다.

"큐!"

여전히 계속 견제하던 큐르케가 아직 괜찮다고 신호를 보내주었다.

그 틈에 현재 상황을 확인하자.

상대인 하이 엘프는 여섯.

하나는 빌레나와 신속의 주먹다짐을 펼치고 있었다.

다만 보고 있으니 서서히 하이 엘프가 내지른 빛이 튕겨 날아가듯 감소하고 있었다.

빌레나가 쓰러뜨리는 것은 시간문제겠지.

티에라도 전투 전부터 선언했다시피 하나를 압도하고 있었다.

말하기를, "장로라도 한둘이라면 어떻게든 되겠지만…… 숫자가 성가셔"라는 것이었다.

마법 활이 이제는 탄막 같은 규모가 되었고, 그것을 계속 발사하는 티에라의 미소가 무서웠다.

사적인 원한이 아마도 담겨 있는 모양이었다.

나머지는 아오이의 공격을 피한 다음에 거리를 벌린 하나.

큐르케와 대치 상태인 하나.

바론이 둘을 떠맡는 모양새가 되어 있어서 당황했는데 벨이 다가와서 이렇게 말했다.

"저 녀석은 저걸로 문제없다. 하지만 결정적인 공격 수단이 없군. 저 둘, 주인이 할 수 있겠나?"

"어?"

"나와 아오이가 눈앞에 있는 저걸 포함해서 둘은 맡겠어. 주인이 바론에게 간 둘을 처리해라. 바론이 방어를 맡고 있는 동안에, 주인의 힘을 모두 공격으로 돌리면 할 수 있겠지."

"할 수…… 있을까?"

큐르케와 대치하고 있는 하이 엘프를 벨이 노려봤다.

방어는 바론이 하고 있다면, 확실히 카게로와 리아밀의 힘을 백 퍼센트 공격으로 돌릴 수 있다.

내가 망설이는 사이…….

"좋아! 한번 해보자!"

"리아밀……?"

"괜찮아! 나라면 할 수 있어. 하게 해주지 않으면 곤란해! 나는 정령…… 하이 엘프가 상대라면 억지로 따르게 될지도 모른다…… 그렇게 생각했지만, 널 믿고 있으면 괜찮잖아? 그러니까 너도 날 믿어!"

리아밀의 말은 기세뿐이고 논리적이지 않은 부분도 있지만, 그 마음은 더없이 강하게 전해졌다.

테이머라면 종마의 마음에 대답해야만 한다.

할 수밖에 없겠구나.

"뭐, 혹시 무슨 일이 있다면 바로 도우러 가마."

"든든하네……."

그렇게만 말하고는 벨은 아오이에게 무언가 신호를 보내고, 큐르케와 대치하던 하이 엘프를 맡으러 갔다.

교대하듯 큐르케가 내 옆으로 다가왔다.

길도 내 곁으로 다가왔다.

정령 빙의한 카게로와 그리고 리아밀을 데리고, 바론 곁에 있는 하이 엘프들을 응시했다.

"가자."

"큐!"

"그으으아아아아아아아아아아아아아!"

"그래!"

든든한 파트너들과, 바론과 전투 중인 하이 엘프들을 향해 뛰어나갔다.

우선은…….

"쏟아버려! 길!"

"그르으아아아아아아아아아아아아아아아아아아!!!"

힘이 강해진 길의 극대 브레스.

위력도 범위도 어마어마했다.

물론 바론에게는 사전에 신호를 보냈다.

"고맙다!"

"다른 녀석들은 어떻게든 될 것 같아. 이 둘은 우리가 해치우자!"

"그렇군…… 좋아!"

바론과의 공투.

예상치 못한 합공이었다. 게다가 우리 둘은 혼자서 하이 엘프를 상대했다가는 죽을수도 있다는 평가를 받았다.

그런 둘이서, 한 사람당 하나를 상대한다는 계산.

이런 임무, 얼마 전의 우리라면 맡기지 않았을 테고, 맡더라도 그냥 죽었을 것이다.

브레스의 불길이 가라앉고 시야가 트였다. 당연히 이 정도로 어떻게 될 상대가 아니었다. 브레스를 맞고도 하이 엘프들은 원래 모습 그대로였다.

"바론과 큐르케가 방어를! 나랑 카게로와 리아밀이 공격이야! 길은 상공에서 지원을 부탁할게!"

"그래!"

"큐쿠우우우!"

"큐큐!"

"그르으아아아아아아!"

각자 대답하고 배치에 나섰다.

우선 바론이 하나의 움직임을 막고자 도끼를 휘둘렀다.

하이 엘프는 아무래도 움직임을 이쪽에 맞추는 경향이 있구나…….

빌레나와 주먹다짐을 할 수 있다면 우리한테도 스피드 승부를 걸면 될 텐데, 그렇게 나오지는 않았다.

바론이 도끼로 공격하면 대항하듯 큰 움직임의 공격을 전개하려 드는 것이었다.

"큐큐─!"

큐르케도 뛰어나가서 바론이 노린 것과는 또 다른 하이 엘프에게 향했다.

그동안에 길은 하늘 높이 날아오르고 숲 전체를 견제하듯 입에 불꽃을 모으고서 대기했다.

"가는 거야!"

"그래, 가자, 리아밀. 카게로."

"큐쿠우우우우우우우우우우!"

방어는 버린다.

이만큼 의지할 수 있는 동료가 있다. 방어는 맡겨버렸다.

이번에 리리를 공격에 가담시키지 않는 것은 그런 목적도 있었다.

위험도 S랭크의 재앙 마수 몬스터, 염제랑.

분신체로 S랭크 수준의 활약을 보여주던 상위 정령 리아밀.

그 힘, 충분히 발휘하도록 만들어주자.

"나는 너희한테 완벽하게 맞춰줄 테니까, 마음대로 하면 돼."

리아밀이 든든한 목소리를 건네주었다.

그 말을 믿고 카게로의 힘을 모두 마법 검으로 집중시켰다.

당장에라도 폭발할 것만 같이 밀도를 올렸다. 평소라면 한계겠지.

하지만…….

"아직 더 할 수 있지? 카게로."

"큐쿠우우우우."

마법 검도 역시나 내구력을 보여주었다.

이 정도로는 전혀 꿈쩍도 하지 않는 것은 물론, 부족하다고 호소하듯이 우리의 마력을 효율 좋게 흡수했다.

불꽃의 색깔이 빨강에서 창백하게 변화했다.

파직파직 마력파가 솟구치기 시작했을 참에, 바론이 막고 있던 하이 엘프를 조준했다.

"불꽃 창!"

"큐쿠우우우우우우!"

카게로가 가진 막대한 마력이 마법 검을 매개로 더욱 날카롭게, 효율 좋게 방출되었다.

하지만 그럼에도…….

"안 되나?!"

바론과 칼을 맞대고 있던 하이 엘프에게 직격했지만 팔을 날려버렸을 뿐이고, 금세 상대는 그것을 재생해버렸다.

역시 강하다.

이것을 일도양단한 아오이가 역시 굉장했던 거구나.

어떻게 할지 생각하려고 했지만 바론에게서 목소리가 날아왔다.

"린트 경! 지금 그대로 팍팍 가자! 통한다고!"

"정말이야?!"

가까이서 맞서고 있는 바론이 말한다면 그렇겠지.

"가자, 카게로. 기합을 넣어."

"큐쿠우우우우우우우우우!"

카게로의 힘을 다시 한번 마법 검에 집중시키며 확인했다.

이렇게 모으기 시작해도 두 하이 엘프는 바론과 큐르케가 맞아서 제압하고 있으니까 이쪽으로 올 수는 없다.

그동안에 생각했다.

일격으로는 팔만 날렸지만, 여러 번 맞춘다면……?

"리아밀. 조금 무리를 해야겠는데, 괜찮겠어?"

"당연하지! 조금 전에 건 내가 없었어도 별 차이가 없었을 정도야!"

리아밀의 말을 듣고 다시금 카게로와 연계했다.

다루는 마력량은 조금 전의 다섯 배.

당연히 모으는 데 시간은 걸리고 컨트롤에 고전했다.

하지만 시간은 바론과 큐르케가 만들어주는 이상…….

"호오. 정말 제대로, 무리를 해주시잖아!"

컨트롤은 리아밀이 도와주었다.

덕분에 제대로 조금 전의 다섯 배, 카게로의 불꽃을 마법 검에 담을 수 있었다.

"간다! 불꽃 창!"

"큐쿠우우우우우우우우우우우!"

발사하는 불꽃의 창은 다섯 개.

역시나 불리하다고 판단한 하이 엘프가 회피하려고 했지만 바론이 그것을 허락하지 않았다.

"어둠 마법, 그림자 꿰기."

"그거 멋있는데……!"

"아오이 경에게 배워서 말이야! 저 나라의 어둠 마법은 재미있다고."

어느새…….

정말로 순식간에 다들 강해진다.

뒤처지고 있을 수야 없겠구나.

"해냈다고!"

"오오……!"

불꽃 창 다섯 자루에 직격당한 하이 엘프는 몇 번인가 재생을 시도했지만 형태를 갖추지 못하고 녹아내리듯 사라졌다.

"앞으로 하나!"

"큐큐—!"

큐르케는 상대의 공격을 튕겨내는 모양새로 계속 이쪽으로 접근하지 못하도록 해주었지만, 이쪽의 형세가 갖추어진 것을 보고 돌아왔다.

바론, 큐르케가 앞에 서고 내가 언제든지 공격할 수 있도록 준비했다.

상공에서는 길이 언제라도 브레스를 쏠 수 있도록 준비를 갖춘

반석의 포진이었다.

"든든하네. 질 것 같지가 않아!"

바론이 그러면서 도끼를 들고 하이 엘프 앞으로 뛰어나갔다.

하이 엘프를 향해 도끼를 일직선으로 휘두른 참에, 이변이 발생했다.

"뭐야?!"

바론의 일격은 막히지도, 빗겨나가지도 않고 간단히 하이 엘프의 몸을 둘로 갈랐다.

아니, 그런 간단한 상대가 아니었다. 그렇다면 저건 페이크다.

바론은 너무나도 반응이 없었기에 맥이 빠진 모양새였다. 도끼는 명백하게 과한 힘이 실려서 회피 자세를 취할 수는 없었다.

바론이 베었을 터인 하이 엘프의 빛 덩어리는 빨려들듯이 숲속으로 사라졌다.

그와 교대하듯 하늘에서 마력이 극대의 하얀 기둥 같이 쏟아졌다.

"구하러——."

"큐!"

"큐르케?!"

바론과 큐르케 쪽으로 뛰어가려 했지만, 이쪽으로 오지 말라고 큐르케가 주장했다.

게다가…….

"그르으아아아아아아아아아아아아아아아아아아아아아."

길이 기둥을 향해 브레스를 쐈다. 딱 나와 큐르케 사이에 폭풍이 발생해서 우리가 멀어지는 형태가 되었다.

하얀 기둥 같은 마력의 덩어리는, 길의 브레스로는 꿈쩍도 하지 않았다.

하얀 기둥 안에 남겨진 바론과 큐르케. 감각은 이어져 있었다.

살아있다는 건 알겠지만, 특히 바론이 큰 대미지를 받은 것이 느껴졌다.

"리리!"

"예!"

애당초 리리의 가호가 있었기에 살아있는 것이나 마찬가지다. 바로 회복을 부탁했다.

주위를 봤지만 바론과 큐르케 말고는 무사해 보였다.

"티에라! 지금 그건?!"

"설마…… 최고 장로가……?"

처음으로 티에라가 당황한 표정을 본 것 같았다.

"당했군…… 주인."

"벨."

벨에게 상황을 확인하려던 참에 아오이가 달려왔다.

"하나는 쓰러뜨렸지만…… 다른 하나는 도망쳤어요…… 면목이 없네요."

"아니, 하나라도 쓰러뜨렸다면……."

그전에도 하나 쓰러뜨린 것을 생각하면 너무나도 충분했다.

아오이와 벨이 둘은 확실하게 쓰러뜨린 것이니까.

"후우…… 어떻게든 쓰러뜨렸지만 마지막에는 놓쳐버릴 뻔했어.”

빌레나도 합류했다. 쓰러뜨리긴 했나 보다.

싸우던 하이 엘프 중에서 빌레나가 하나, 아오이와 벨이 둘, 우리가 하나를 쓰러뜨렸다.

나머지는 셋이지만, 이미 그것들은 전부 숲속으로 들어가서 모습을 감추었다.

일단 전선이 차분해진 참에······.

“큐─.”

“큐르케, 다행이야.”

가냘픈 울음소리를 흘리며 다가온 큐르케를 끌어안고 쓰다듬어줬다.

곧바로 바론을 끌어안은 리리도 쫓아왔다.

“바론도 의식은 잃었지만 무사해요.”

“그럼 다행이야······.”

남은 건······.

“안 돼····· 이건····· 다들 도망쳐.”

“티에라·····?”

저 빛의 공격을 받은 이후, 티에라만큼은 이상할 정도로 표정이 굳어 있었다.

“아무리 그래도 여기까지는····· 상정하지 않았어····· 하이 엘프라면 쓰러뜨릴 수 있다. 최고 장로도, 그 이상은 무리라고·····

그렇게 생각했어······.”

떨면서 말하는 티에라는 이미 초점도 맞지 않고 굳은 상태로 움직이지를 못했다.

"대체 뭐가……."

"흠…… 저 이상한 마력…… 티에라는 저게 무서운 거구나?"

"그래……."

떨리는 티에라의 어깨를 빌레나가 끌어안았다.

벨이 가리킨 곳에는 확실히 숲 전체가 일렁거릴 정도로 이상한 마력이 넘쳐나고 있었다.

"저 마력이 한 개체에 집중된다면……."

"세상에…… 그렇게 되면 저도 맞설 수가 없겠어요……."

"냐하하…… 역시나 나도 자신이 없네."

리리의 놀람, 아오이의 분석, 그리고 무엇보다 빌레나의 자신이 없다는 말이 상대가 어느 정도인지를 이야기하고 있었다.

티에라가 떠는 것도 이해할 수 있었다.

요컨대 이 자리에서 그 누구도 쓰러뜨릴 수 없다는 의미니까.

"그랜드 엘프…… 신에게 필적한다고 일컬어지는 환상의 존재…… 태어나고 만다면 더는……."

"그러기 전에 지금 때릴까?"

"무리에요…… 린트 경. 저건 이미 손을 댈 수 있는 상황이 아니에요."

아오이로 하여금 식은땀을 흘리며 대답하게 만드는 상황에 절망감이 감돌았다.

"어쩔 수 없군…… 주인, 각오를 다져라."

"각오……?"

"지금부터 조금 터무니없는 소릴 하겠다. 이 상황, 제대로 싸울 수 있는 건 이제 주인뿐이야."

아니, 내가 가장 약할 텐데…….

하지만 벨은 생각도 없이 그런 소리를 할 리가 없다.

"뭔가 생각이 있구나."

벨의 얼굴에는 아직 여유가 있는 것처럼 보였다.

자신감을 가지고서 책략이 있다고 말하는 벨의 입에서 튀어나온 것은, 참으로 터무니없는 이야기였다.

"테이머라는 건 사역마를 각성시키는 힘이 있지."

"각성…… 큐르케의 존재 진화 같은 건가……?"

"아니, 그보다도 한 단계 레벨이 올라간다."

"레벨이……?"

무슨 소리인지 알 수가 없다는 표정을 지었더니 제대로 설명을 더해주었다.

"주인이 카게로를 빙의시킬 수 있는 건, 카게로가 정령체이기 때문이야. 그리고 통상적으로 정령체는 평범한 몬스터보다 아득히 강하지."

"그건 그렇겠지……."

정령이라는 것만으로 일정 이상 강하다.

하지만…….

"큐르케나 길이 정령이 되어서 빙의해 주더라도…… 힘들지 않을까?"

"주인. 이곳에 있는 자라면 전원, 주인의 사역마일 텐데."

"——어?! 설마……."

"그리고 또 하나, 한 사람 각성해봐야 저것에게는 못 이긴다."

"전원 각성시키는 거야?!"

"전원을 각성시킬 수 있다면 그것으로도 괜찮겠지만…… 한 사람의 각성과 진정한 정령 빙의를 발휘한다면, 그것으로 충분하겠지……."

"진정한 정령 빙의……?"

"주인은 이미 족히 할 수 있겠지. 이제까지라면 카게로 하나로 싸우는 편이 강했는데, 빙의를 해서 힘을 높이고 있어. 정령 빙의는 본래 두 개의 힘이 완전히 뒤섞이고, 뒤섞인 힘은 둘이 가진 힘의 총량보다도 커진다."

그렇구나…….

어쩐지 이야기가 이해되기 시작했다.

"요컨대 누군가 하나, 정령화를 하고서 내가 정령 빙의를 완벽하게 사용할 수 있게 된다면 괜찮다고……."

말로 표현은 해봤지만 너무나도 터무니없는 이야기에 현기증마저 느껴지는 레벨이었다.

지금 못 하는 일을 두 가지, 동시에 하라는 말이니까.

"반대로 말하면…… 그것이 불가능하다면 이 상황은 타파할 수 없다는 건가……."

"그런 이야기로군."

벨이 말했다.

주위에서도 진지한 표정으로, 그 누구도 대안도 반대 의견도

내지 않았다.

그런 상황이라는 거겠지.

"정령 빙의를 완벽하게⋯⋯인가."

"그쪽은 솔직히 그렇게까지 걱정 안 해도 돼."

리아밀이 말했다.

"그런 거야?"

"그래. 그보다 정령화가 문제야."

"아! 그럼 나 정령이 되고 싶어!"

리아밀의 말을 들어서 그런지 아닌지는 모르겠지만, 빌레나가 말했다.

하지만⋯⋯.

"빌레나는 아마도, 이 중에서 가장 정령화와는 거리가 멀겠죠⋯⋯."

"어—."

"주인님의 힘은 어디까지나 존재 진화를 이끄는 것이지 정령화를 촉진하는 게 아니니까요. 빌레나의 경우, 강해지는 방향으로 나아가더라도 정령화라는 선택지는 나오지 않을 거예요."

"냐하하. 확실히."

납득이 가는 느낌이었다.

"정령화에 가깝다고 한다면⋯⋯ 아마도 신격화되어 있는 용인 아오이, 그리고 전승 레벨의 힘을 가진 악마인 벨, 겸사겸사 아슬아슬하지만, 천사화한 저랑 엘프인 티에라겠네요."

"그렇구나⋯⋯."

"그런 이야기다. 주인."

벨은 의욕이 가득.

그보다도 이야기를 시작했을 때부터 그럴 생각이었을 테지.

본인에게 의욕이 있다면 그것이 제일인가.

"기다려주세요. 가능하다면 그 역할, 저한테."

"흠…… 괜찮겠나?"

"물론. 각오하고서 하는 말이에요."

아오이가 자진하고 나서자 벨이 의미심장하게 대답을 했다.

"뭐지…… 뭔가 리스크가 있어?"

벨과 아오이에게 확인했다.

"정령화란 본래, 자아와 맞바꾸어서 몇 년, 때로는 몇천 년에 걸쳐서 진행되는 변화니까요……."

"자아와 맞바꾸어서……?"

그건…….

"정령화할 때까지 보통, 자아 따위는 잃을 정도의 시간을 필요로 하지."

"조금 전까지 싸운 하이 엘프가 그야말로 그 전형이라 할 수 있어요."

"아──……."

확실히 저건 무언가의 감정을 찾아볼 수가 없었다.

그저 정해진 움직임을 계속하는 것처럼만 여겨졌다.

"주인님 옆에 있는 정령들은 선천적인 정령이니까요."

"카게로의 경우, 정령이 된 다음에 린트 군과 접촉했으니까 또 조금 다르지."

리리와 빌레나가 말했다.

지금부터 정령이 되는 것과 지금 정령인 것은 조금 다르다는 건 알겠다.

게다가 그것을 억지로 하는 거고.

그 리스크를 다시금 아오이가 입에 담았다.

"이번에 린트 경의 힘에 따라 강제적으로 생명으로서의 격을 정령체까지 끌어올리게 되겠지만…… 자칫하면 지금 있는 개개인으로서의 존재 그 자체가 사라진다는 거예요."

"어……."

그건 좀…… 너무하지 않나?

"안심하세요. 저는 이래 봬도 살아있는 세월이 달라요. 어지간한 일이 없는 한은 자아를 유지할 자신이 있어요."

아오이가 씩씩하게 미소 지었다.

"문제도 없다. 여하튼 나나 아오이만이 바로 가능할 테니까 걸수밖에 없겠지."

벨의 말대로, 숲 안쪽에서는 이미 무언가 커다란 에너지가 꿈틀대는 것을 느꼈다.

"그래서, 중요한 그 정령화라는 건 어떻게 하면 되는데……."

"주인은 테이머가 가진 힘을 끌어내는 것을 생각하면 된다. 그리고 아오이는……."

"알고 있어요. 어쨌든 린트 경을 믿는 게 중요하죠."

"그렇다면 나도 할 수 있을 것 같은데 말이지—."

아직 미처 포기하지 못한 빌레나가 그런 말을 했지만, 자아를 잃을 우려가 존재한다면 그럴 위험이 적은 아오이나 벨이 우선시되는 것은 어쩔 수 없겠지.

"할 수밖에 없나."

정령화……. 어찌어찌 감각은 알 수 있는 것이었다.

눈앞의 신뢰로 맺어진 존재에게, 이쪽에서 재촉해서 그 자체가 가진 생물로서의 격을 올린다…….

이쪽의 각오는 상대를 바꾸는 것. 자칫하면 상대를 부수는 것으로도 이어지는 행위를, 그저 신뢰라는 얄팍하고 보이지 않는 무언가로 이어진 상대에게 강요하는 것.

온갖 의미에서 상대를 **믿지** 않는다면 성립되지 않는 것이다.

만난 지 얼마 되지 않았지만 내가 아오이를 믿는 것은 간단하다.

이번 일에 대해서는, 아오이가 자아를 잃지 않을 정도로 강하다고 믿을 수 있다면 되니까.

"어……?"

각오를 다지고 아오이에게 그 힘을 보냈다.

"이건…… 그렇군요…… 괜찮겠죠. 제가 남을 수 있을지는 반반, 내기로서는 나쁘지 않군요."

반반, 이라는 말에 조금 불안해졌지만 아오이는 내게 이렇게 말했다.

"안심하세요. 저와 린트 경의 신뢰 관계는 이미 그 아이를 통해서 형성되어 있어요."

아오이가 미소를 건넸다.

그 아이, 가 가리키는 것은 길이다.

"그르."

득의양양하게 길이 울음소리를 흘렸다. 그런 이야기라면 확실히……

"괜찮아요."

그렇게 말하고 살며시 미소 지은 아오이는, 갑자기 나타난 빛의 소용돌이에 녹아들듯이 사라졌다.

"아오이……?"

녹아든 아오이가 또다시 조금씩 형태를 만드는 것 같은, 그런 광경이 펼쳐졌다.

녹아내린 빛이 원래의 형태를 만들듯이 서서히 윤곽을 되찾았다.

그리고…….

"흠…… 일단 정령화에는 성공했다."

벨이 말했다.

하지만 문제는 지금부터다.

돌아온 아오이는 어딘가 전보다도 신성하게 느껴지는 빛을 발하고, 생기가 없이 공허한 눈빛으로 이쪽을 보고 있었다.

아오이에게 생기는 없었지만 그녀의 가장 첫 마디는 의외로 씩씩했다.

"제대로 된 모양이네요!"

"어…… 아니, 눈빛이."

상태가 이상한 것은 아무래도 눈빛뿐인가 보다.

그렇게 생각했으나 지금의 아오이에게는 그건 간단한 문제였나 보다.

"아…… 이 정도는 애당초 어떻게든 될 일이니까…… 이렇게."

그러자 아오이의 눈이 붉게 빛나고, 드래곤 특유의 가늘고 긴 눈동자가 드러나며 사나워졌다.

그러는가 싶더니 돌변, 인간다운 빛이 돌아왔다.

그 모습은 녹아내리기 전의 아오이 그 자체였다.

"일단 성공이군."

"굉장하네요……. 아오이의 힘이 이 한순간에 몇 배나 부풀어 오른 것 같아요."

리리가 경악하고 있었다.

"치사해―. 린트 군, 나도 나중에 부탁할게!"

"아니, 위험하다고 그러는데……."

다만 이만큼 강해진 모습을 본 뒤라면…… 머지않은 미래에 그렇게 될지도 모르겠는데.

"흠흠…… 그렇군요…… 정령이라는 건 재미있네요. 이런 일이 가능하다니."

"음……."

아오이는 자신의 팔을 폈다가 접었다가, 실험하기 시작했다.

카게로의 불꽃 같은 부정형의 무언가가 늘어났다가 줄어드는 상태였다. 카게로와 다른 점은 그것의 색깔이 청록색으로 빛난다는 것 정도일까.

"카게로의 빙의를 일단 풀고, 그다음에는 아오이와 합쳐라. 이번에는 카게로와 리아밀이 보조다."

"큐쿠우!"

"내가 보조하는 건 평소랑 같네!"

둘 다 의욕 충분.

"합친다, 구나……."

그러는 사이에 숲에서 커다란 에너지가 넘쳐나는 것을 느꼈다.

"나 잠깐 다녀올게―!"

"주인님, 저도 먼저 갈게요."

빌레나와 리리가 튀어 나갔다.

리리가 안고 있던 바론은 티에라에게 맡겼나 보다.

티에라는 표정에 여전히 절망이 드리워 있었다.

"티에라……?"

"아무리 강해져도…… 그랜드 엘프는 반신이라고까지 일컬어
지는 위협이야…… 나는…… 모두를 터무니없는 일에 끌어들이
고 말았어……."

"그렇구나. 그걸 걱정하고 있었나."

티에라치고는 나약한 모습이라고 생각했는데, 걱정하는 것은
동료들이었나 보다.

"괜찮아. 티에라 탓이 아니고, 내가 어떻게든 할게."

"호오. 주인치고는 드물게도 의욕적이군."

여기까지 빌레나에게 끌려다니듯이 움직였을 뿐이었지만, 동
료가 이런 표정을 계속 짓게 만들고 싶지는 않았다.

모두가 있어도 절망을 드리우고 있다면…….

그리고 벨이 나라면 할 수 있다고 한다면, 내가 열심히 할 수밖에 없겠지.

"흠. 린트 경의 마음이 조금 전보다 직접적으로 전해지는 것 같아요……. 그 의지, 확실하게 받아들일게요."

아오이의 몸이 창백한 불꽃 같은 오라로 바뀌었다.

"갑니다."

"응."

불꽃이 된 아오이는 소녀의 인상이 남은 상태로도, 몸은 용으로 변화했다.

그 불꽃으로 몸을 감싸며 내 안에서 한 가지 답이 나왔다.

아오이는 용이다. 그런 아오이와 맞춘다면 가장 좋은 형태가 있다.

그것이 이것이다.

『오오…….』

"호오……."

"이건……."

이미지는 적룡.

하늘 높이 이름을 떨치는 전설의 붉은 용.

검은 날개는 용의 거대한 날개로, 머리에는 거대한 두 자루 뿔을, 그리고 온몸에 누구도 깰 수 없는 용의 비늘을 둘렀다.

"꽤나 괜찮지 않나, 주인."

"이렇게까지 잘 될 줄은 몰랐지만……."

겉모습의 문제는 물론 아니었다.

이 이미지를 아오이가 받아들인 순간부터, 안 그래도 막대했던 에너지가 더욱 강해진 것이었다.

감각으로 따지자면 이제는 숲의 중심에서 아직 모습을 드러내지 않는 그랜드 엘프에게도 충분히 버금갈 정도의 에너지를 몸으로 느끼고 있었다.

조금 전까지는 절망적일 만큼의 차이를 느끼고 있었는데도.

"어때? 티에라. 이러면 될 것 같지 않아?"

"이러면……."

티에라의 눈에 빛이 돌아왔다.

"부탁이야. 저런 게 생겨나고 만다면 엘프는 물론 대륙의 역사가 바뀌어버려. 여기서, 끝을 내줘."

"맡겨둬!"

아오이를 빙의하고 카게로와 리아밀이 보조.

바로 옆에 회복한 큐르케. 상공에는 길이다.

만전의 포진.

"나도 가겠다. 아 그렇지, 티에라."

"왜?"

벨이 움직이기 전에 티에라를 불렀다.

"바론은 길에게 맡겨라. 너는 한계까지 활시위를 당기고 때를 기다려."

"어……."

"가자고, 주인!"

당황하는 티에라를 제쳐놓고 튀어 나가는 벨.

"괜찮아. 맡겨줘."

벨의 의도는 이해할 수 있었다.

티에라의 활은 강력하다. 그리고 이 활은 본래 최후위에서 힘을 모아 사용할 때야말로 위력을 발휘한다.

스스로 최전선으로 뛰어들어서 싸우던 이제까지의 방식이 이상했다.

극한까지 쥐어짠 티에라의 활이라면 저 그랜드 엘프조차 죽일 수 있는 힘을 가졌을 것이다.

물론 마무리를 양보할 생각이 있는 것은 아니지만, 티에라에게도 충분히 할 수 있는 일이 있다는 사실을 알려준 것이었다.

"알았어……."

"다녀와."

티에라의 배웅을 받으며 나도 벨을 뒤따랐다.

"역시 주인. 벌써 쫓아올 수 있다니."

앞서 나아가던 벨을 순식간에 따라잡을 정도의 스피드.

스스로도 놀랐지만 아오이가 있으니까 어떻게든 컨트롤할 수 있었다.

다만 그다지 말을 할 여유는 없었다.

"먼저 갈게."

"그래. 조심해라."

벨을 두고 가속하는 동안에 머릿속도 정리를 해야…….

"큐르케는 따라온다면 자유롭게 움직이도록 하고, 카게로는……."

『무기로 변화도 가능했죠.』

"아아…… 마법 검 이야기인가."

카게로의 에너지를 마법 검으로 맡긴 상태는 확실히, 카게로가 무기로 변화하는 것 같은 느낌일지도 모르겠다.

지금의 아오이가 빙의한 이 상황이라면 이제까지보다 더욱 힘을 낼 수 있겠지.

순식간에 상대의 필드로 발길을 들였다.

빌레나와 리리가 또렷하게 보이는 참에, 아오이의 제안으로 공격을 가하게 되었다.

『그럼 우선은 인사 대신에 일격, 때리기로 할까요!』

아오이의 말에 맞춰 팔과 손에 강력한 에너지를 집중시켰다.

──용왕의 숨결(드래곤 로드 브레스).

"우와?! 지금 그거 린트 군?! 굉장한 위력이야!"

"정말로…… 굉장하네요, 이건."

빌레나와 리리가 놀랄 정도의 위력을 가진 일격을, 그랜드 엘프로 여겨지는 빛의 소용돌이에 때려 박았다.

하지만 우리가 기대하는 효과는 얻지 못하고, 숲의 중심에서 우리의 공격을 흡수하듯 빛이 넘쳐 나왔다.

──키이이이이이이이이이이이이이잉

새된 소리가 귀를 때렸다. 소리와 연동하듯 빛의 덩어리가 하늘 높이 뻗고…….

『린트 경!』

"그래!"

빛의 줄기가 마치 거대한 검을 휘두르는 것처럼 우리를 향해 쏟아졌다.

아오이가 바로 알아차려줘서 어떻게든 피했지만, 숲을 포함한 지면이 모두 불타고 있었다.

그리고…….

"간신히 나오셨나."

조금 전까지의 빛 덩어리와는 달랐다. 젊은 엘프 남자의 몸이 숲 상공으로 떠올랐다.

눈을 계속 감고 있는 엘프에게, 모여 있던 에너지가 흡수되듯이 빛의 소용돌이가 발생했다.

마치 변신하는 것 같은 환상적인 풍경에 숨을 삼키는데, 빌레나가 목소리를 높였다.

"좋─아. 이참에 해버리자─!"

"어…….."

에너지를 비축하는 눈앞의 엘프를 향해 극대의 충격파를 때려박는 빌레나.

아니 뭔가…… 당장에라도 눈을 뜨겠다는 분위기인 엘프에게 인정사정도 없는 상황에, 조금 상대를 동정하고 말았다.

이거 괜찮을까……. 아니 뭐, 수단을 고를 여유는 없지만…….

이쪽이 미안해질 정도로 가차 없는 연격에 엘프는 이미 보이지 않을 정도의 충격에 삼켜졌다.

——하지만.

"멀쩡해……."

리리가 숨을 삼켰다.

"안 되나—. 그럼 직접 해치워버리자!"

"아니, 빌레나?!"

조금 더 신중하게, 그렇게 말하려고 했을 때는 이미 빌레나의 주먹은 나타난 엘프 남자의 눈앞으로 들이닥치고 있었다.

맞는다. 하지만 과연 통할까.

그렇게 생각해서 바라보고 있었는데, 빌레나의 주먹은 엘프의 손바닥에 덥석 붙잡히는 모양새로 가드당해서 닿지 않았다.

전혀 눈을 떼지도 않았는데 언제 움직였는지도 알 수가 없었다.

남자가 눈을 떴다.

그 순간, 숲속의 동물, 식물, 몬스터부터 정령까지, 온갖 존재들이 몸을 떠는 것 같은 착각이 덮쳐들 만큼 강력한 에너지가 남자의 몸에서 넘쳐 나왔다.

"큭?! 이건 뭐야?!"

"주인님, 괜찮으세요?"

"어, 빌레나는?!"

"냐하하. 날아가 버렸어—."

때린 오른팔을 누르며 날아갔다가 돌아온 빌레나.

곧바로 리리가 치료했다.

"분하지만 저래서는 조금 버거울지도……."

"빌레나가 그렇게까지 말하다니."

"냐하하. 죽을 만큼 애쓴다면 될지도 모르겠지만 죽어버릴지도 모르고, 무엇보다 지금의 린트 군 팀이라면 되겠다고 생각하니까―!"

그러면서 웃는 빌레나.

『린트 경. 저는 몰라도, 이 상태는 린트 경의 몸에 큰 부담이 걸리니까 가능한 한 빨리 정리해야 해요.』

"그런가."

"예. 제가 가능한 한 한계를 늦추고 있지만 그래도 10분 남짓이 한도예요."

리리도 덧붙였다.

그보다도 어느샌가 몇 가지가 가호를 더 받고 있었다. 역시 리리.

"그럼 재빨리 해야만 한다는 건가. 할 수 있겠어? 카게로."

"큐우우오오오오오오웅."

드높이 울부짖는 카게로.

그 입에서는 불꽃 브레스가 발사되었다.

그 브레스를 압축하듯이, 또 자신의 몸도 브레스에 맞추듯이 변화하고…….

"이건……."

마법 검과 연동한 형태이기는 하지만, 이제까지와는 달랐다.

마치 카게로 자신이 검이 된 것 같은 상태. 아까 아오이가 가볍게 이야기한 그대로의 모양을, 카게로가 스스로 재현한 것이었다.

물론 그 밀도, 위력은 이제까지와 비교도 되지 않았다.

"고마워."

카게로에게 말을 건네고는 곧바로 큐르케에게도 확인을 했다.

"큐르케, 저 녀석의 공격, 받아낼 수 있겠어?"

"큐!"

"무리하지는 마."

규격 밖의 카운터 능력을 가진 큐르키에게 걸린 기대도 크다.

방어를 큐르케에게 맡기는 장면이 늘어난다면 그만큼 우리는 공격에 집중할 수 있다.

물론 상대가 제대로 모은 공격을 피해야겠지만, 틈을 만들 수 있는 타이밍은 있을지도 모른다.

"좋아…… 가자!"

준비하는 동안에는 빤히 이쪽을 보며 움직이지 않던 그랜드 엘프가, 기적을 탐지했는지 이쪽으로 시선을 향했다.

"윽!"

눈이 마주친 것만으로 압도적인 프레셔에 짓눌려버릴 것만 같이 강력한 존재.

『괜찮아요, 린트 경. 저희는 지금, 저것에게도 뒤처지지 않을 만큼 강해요.』

"고마워. 아오이."

아오이의 말에 어떻게든 태세를 다시 갖추었다.

좋아. 가자.

카게로가 변화한 불꽃의 검을 꽉 고쳐 쥐고, 다시금 그랜드 엘프와 대치했다.

"간다……!"

아오이의 용 날개를 퍼덕여 하늘을 날아갔다.

스스로가 너무 빨라서 마치 풍경이 들이닥치는 것 같은 착각에 빠졌다.

그 풍경의 중심에 있는 그랜드 엘프는, 이제까지 본 어떤 아인 종보다도 장엄하고 아름다운 용모를 지니고 있었다.

베이스는 젊은 남자 엘프.

하지만 그 몸에 깃은 오라가 전혀 달랐다. 오라의 근원은 마력.

평범한 엘프조차 체내에 깃든 마력량은 통상적인 인간과 비교가 안 될 정도다.

그리고 눈앞에 있는 그랜드 엘프는, 통상적인 엘프와도 더더욱 비교가 안 되는 오라를 발하고 있었다.

터무니없는 파티에게 둘러싸여 있는 나라도 이런 수준의 상대는 본 적이 없었다.

『어떻게 공격할까요, 린트 경.』

그저 그곳에 있을 뿐. 자세는커녕 장비도 없었다. 간소한 천을 둘렀을 뿐이면서도 어디에도 틈이 보이지 않았다.

차마 공격을 못 하는 사이, 그랜드 엘프가 입을 열었다.

"어째서…… 우리를 공격했지."

찌릿찌릿하게 공기를 떨며 목소리가 닿았다.

마치 숲의 분노를 체현이라도 한 것처럼.

"너희의 존재 그 자체가…… 우리를 향한 해의다."

그랜드 엘프는 장로들의 집합체 같은 것이다.

숲에서의 에너지 공급은 거의 끊어졌다고 해도, 근본적인 힘이 크다.

"티에라를 죽이려고 했지?"

"흥…… 인간과 한패가 된 자 따위는 엘프가 아니다. 엘프가 아닌 존재를, 숲은 용서하진 않는다."

"숲은…… 말인가."

자신들은 어디까지나 숲의 대변자라 주장하는 것 같았다.

"숲에 사는 자들은, 숲에서 태어나고 숲에서 죽는다. 우리는 숲의 일부이고, 숲은 우리의 일부이다."

이 생각을 강요당하여 반발한 것이 티에라를 비롯한 젊은 엘프라는 것이다.

"숲을 태운 죄는 크다…… 우리의 숲에서 에너지를 빼앗은 죄도 크다……."

"그건 너희가……."

"아니다! 너희 인간이 만연하는 탓에 숲은 힘을 잃은 것이다! 우리는 용서치 않는다!"

애당초 성역의 에너지는 장로들이 하이 엘프가 된 탓에 고갈되었을 터.

그 사실조차 그의 머릿속에선 어느새 인간 탓으로 변한 듯 하다.

"숲과 적대하는 자여. 그 몸으로 숲에게 갚아라."

『린트 경, 와요!』

아오이의 말에 반응하여 몸을 비틀었지만, 살짝 늦었다.

『윽…….』

팔을 가져갔어……?!

눈앞의 엘프는 움직이지도 않았다. 그런데도 빛의 칼날이 내 오른팔을 어깨부터 깔끔하게 가져갔다.

"주인님!"

리리가 곧바로 회복과 버프를 날려주었기에 아픔은 거의 없었다.

아오이와 동화한 나는 팔이 날아가도 금세 되돌릴 수 있다.

그런 것보다…….

"저건 뭐야……."

그랜드 엘프가 날린 빛에 감싸이듯 떨어지던 팔이, 지면에 도달한 순간 몇 그루의 나무로 형태를 바꾼 것이었다.

"숲의 양식이 되어, 사라져라."

"젠장?!"

문자 그대로 숲의 양식으로 만들기 위한 마법이란 거야?!

생각할 여유도 없이 그랜드 엘프가 한순간에 거리를 좁혔다.

『린트 경, 여긴 저한테 맡기세요.』

아오이의 말을 듣고 몸의 힘을 뺐다.

컨트롤을 아오이에게 맡겼다.

당연히 나보다 전투 능력이 높은 아오이의 움직임은 놀라운 점이 있었다.

"굉장해……."

리리가 그런 말을 흘릴 만큼, 효과는 바로 나왔다.

근접 전투는 호각.

아오이가 카게로의 불꽃을 두른 검을 정교하게 움직여서 그랜드 엘프를 베었다.

그랜드 엘프도 그 공격을 맨손으로 흘리며 반격을 펼쳤다.

아니, 서로가 강력한 에너지의 집합체.

조금씩이기는 하지만 서로의 힘은 점차 소모되고 있었다.

아오이와 내가 받은 대미지는 용솟음치는 빛이 되어 대지에 나무들을 늘렸다.

"기껏 태웠는데—!"

빌레나가 불평했다.

그러고 있을 때가 아니지만, 이 숲의 힘은 분명히 눈앞에 있는 그랜드 엘프의 힘이 된다.

그것을 아는 빌레나도 일일이 나무들을 부러뜨려서 없앴다.

아오이의 검 기술, 카게로의 파워, 그리고 그것을 보조하는 리아밀의 힘이 있기에 내 몸이 내 것이 아닌 듯한 착각에 빠졌다.

하지만 동시에 항상 이만한 동료들에게 둘러싸여 있다는 안심이 힘으로 바뀌어, 일격일격에 힘이 실렸다.

확실하게 그랜드 엘프가 가진 힘을 깎아낸다는 자신감이 생겼다.

큐르케도 상대의 수단을 봉인해주고 있었다.

하지만 그럼에도 조금 부족했다.

『린트 경?! 한계가……』

"아니…… 아직……."

어떻게든 의식을 유지했다.

그렇지만 그럼에도 나만이 아니라 카게로와 리아밀도 한계가 가깝다는 것을 자각하고 있었다.

그런 타이밍에 마침 좋은 조력자가 나타났다.

공간 마법을 사용해서 우리보다 상공에 갑자기 나타난 벨이 외쳤다.

"떨어져라! 주인, 아오이!"

"벨!"

그 말에 따라 거리를 벌렸다.

남겨진 그랜드 엘프가 자세를 잡았지만, 늦었다.

"먹어라!"

극대의 검은 구체 마법이 그랜드 엘프를 덮쳤다.

몸 앞으로 손을 교차해서 가드 자세를 취했지만 극대의 어둠 마법을 앞에 두고서 빛을 발하는 몸이 점점 깎여나갔다.

하지만 그대로 당할 그랜드 엘프가 아니었다.

"숲의 힘을 얕보지 마라."

"이건……?!"

새로이 생겨난 숲에서 에너지를 흡수하듯, 어둠 마법의 검정에 대항하듯이 그랜드 엘프의 등 뒤에서 하얀 에너지 덩어리가 생겨났다.

등 뒤의 에너지가 그랜드 엘프를 뒤덮듯이 하얀 덩어리가 되어 벨의 마법에 대항했다.

에너지는 서로 맞부딪치고 딱 양쪽의 중간 지점에서 맞섰다.

『린트 경! 지금 가세하면!』

아오이가 외치면서 최후의 힘을 짜내어 에너지를 모았지만 내가 그것을 막았다.

『린트 경……?』

빌레나와 리리도 눈짓만으로 전했다.

"아오이. 이번에는 양보하자."

『호오……그렇군요. 그런 일이었나요.』

빙의를 풀고 우리는 둘이서 사선을 비웠다.

"음……?"

그랜드 엘프가 알아차렸지만 벨의 어둠 마법에 대항하느라 버거워서 움직이지는 못했다.

"뭐냐……?! 이건 대체 무엇이냐?!"

이변이 시작되었다.

그랜드 엘프가 힘으로 삼고 있던 하얀 에너지가 서서히 무언가에 빨려 들어가듯이 사라졌다.

당연히 벨의 마법에 대항하는 힘이 약해진 그랜드 엘프는 더더욱 움직일 수 없게 되었다.

"자신이 숲의 대변자인 것처럼 말했지만, 아무래도 숲은 네가 아니라——."

극대의 에너지가, 우리가 떠 있던 지점에서 넘쳐났다.

"설마……!"

"여왕을 선택한 모양이네."

하얀 마법의 화살이 발사되었다.

발사된 티에라의 화살은 그랜드 엘프와 함께 주변의 풍경까지도 끌어들이며 모든 것을 무로 돌리는 극대의 마법이었다.

"잠들어라."

나름대로 거리가 있을 터인 티에라의 목소리가 어째선지 이곳까지 울리며 들렸다.

그야말로 조금 전까지의 그랜드 엘프처럼, 숲이 이야기하는 것처럼.

"젠장……! 숲은, 나를 버린 것이냐?!"

"애초에 숲에게 의지 따윈 없어."

티에라의 목소리와 함께 그랜드 엘프에게 종언을 초래하는 마법이 날아왔다.

"존재하는 건…… 우리의 의지. 그곳에 있는 정령은 그에 응하였을 뿐."

"그……아아아아아아아아아아아아아아아아아아아아아아아."

벨의 어둠 마법조차 그 빛 앞에서는 저항도 없이 삼켜졌다.

물론 그랜드 엘프도 그랬다.

"이 자식……! 숲의……! 숲의 의지를 거스르다니……!"

"아니야…… 당신들은 그저, 자신의 의지를 관철했을 뿐. 숲을 이용해서."

"그……아아아아아…… 이 자식! 이 자시이이이이이이이이이이

이이이이이익!"

그것이 그랜드 엘프의, 장로 측 최후의 보루가 된 최고 장로의 단말마가 되었다.

"후우……."

"앗! 린트 군, 저거!"

마법이 지나간 뒤, 한 알의 크고 하얀 보석 같은 무언가가 천천히 숲으로 떨어졌다.

"큐르케!"

"큐―!"

큐르케에게 붙잡으라고 지시를 내렸다.

"이건……."

"최고 장로…… 그랜드 엘프에게 모여 있던 것은 숲의 에너지. 그것이 구현화한 거야."

어느샌가 쫓아온 티에라가 말을 건넸다.

"그럼 이건……."

티에라에게 돌려주겠다고 하려는데, 그것을 제지하고 티에라는 이렇게 말했다.

"서방님이 가지고 있도록 하세요."

"하지만……."

"틀림없이 무언가 도움이 될 테니까요."

평소와 다른 말투도 어우러져서 무언가 티에라는 굉장히 신성하고 매력적으로 보였다.

"알았어. 고마워."

"그래. 이번에는 정말로…… 정말로 고마워."

"마무리를 지은 건 너다."

"후후…… 그러네. 양보해줘서 고마워."

벨이 먼저 말했다.

숲속이라면, 엘프가 상대라면 고전한다고.

지금의 티에라가 그야말로 그런 상태겠지.

"오히려 중요한 건 앞으로의 일이 아닐까요?"

"태워 버렸으니까 말이지―, 숲."

가장 솔선해서 태운 빌레나가 태연하게 그런 말을 했다.

"괜찮아. 다시 한번 바로 세울 거야. 새로운 일이 하고 싶어서 날 따라와 준 아이들이라면."

"그런가그런가."

"응."

티에라가 그렇게 말한다면 그렇겠지.

"어쨌든, 일단락됐네요."

리리의 말에 간신히 어깨의 힘이 빠진 느낌이었다.

카게로도 다시 마법 검에서 돌아오도록 했다.

"이예—!"

"엘프는 이렇게나 신명 나는 종족이었나……."

그날 밤, 승리 축하 연회에 초대된 우리는 친인간파…… 그러니까 티에라 파벌이었던 엘프들과 섞여서 즐겁게 먹고 마시고 있었다.

"그야 그렇겠지—! 즐거운 일을 하고 싶어서 여왕님을 따랐으니까!"

"그건 그렇고 진짜로 린트 씨 강한가요?! 솔직히 인간은 엘프와 비교하면 떼를 지어서 상대하지 않고서야 의미가 없다고 생각했어요!"

뭐라고 할까, 이렇게…… 좋게 말하면 밝다. 나쁘게 말하면…… 친한 척 구는 녀석들이었다.

뭐, 호의적으로 맞이해주니까 괜찮겠지만, 이렇게나 모두가 미남미녀에다 친해지기 편하니 오히려 이쪽이 주춤주춤하게 되네…….

"호—, 그럼 벨의 마법으로 구해줬구나—."

"감사하도록 해라."

"어머나—! 귀여워라—!"

"와악! 이 녀석, 그만해라! 나를 누구라고……! 이 녀석—!"

벨은 장난감 신세가 되어 있었다.

자세히 보니 바론도 비슷한 상황이었다.

그 후로 한동안 쉬어서 바론도 회복되었다. 무사해서 다행이야.

"냐하하―! 간다고―!"

"갑시다―! 누님!"

"이예―!"

빌레나는 오히려 엘프들을 이끌고서 먹고 마시느라 정신이 없었다.

그런 광경을 바라보는데 저쪽에서 날 부르는 목소리가 들렸다.

"미안해. 잠깐 다녀올게."

"앗. 또 부탁해요―! 린트 형님―!"

"누가 형님이냐고."

얽혀드는 엘프 미남들을 피해서 나를 부른 곳으로 향했다.

"후후. 즐기고 있을까."

"즐겁기는 즐거운데……."

내 이름을 듣고 다가간 곳은 여왕, 티에라가 있는 곳이었다.

옆에 리리도 있었다. 이른바 국빈 대우처럼 상석에 자리가 마련되어 있었다.

숲속에서 마음대로 서서 먹고 마시는 자리이기는 했지만, 이런 쪽은 일단 제대로 있었다.

그리고 지위만 따지자면 그보다 높아져 버린 내 자리는…… 티에라보다 안쪽의 상석이었다.

앉았더니 근처에서 밥을 먹던 큐르케와 카게로, 길이 각자 내게 응석을 부리듯이 모여들었다.

쓰다듬으며 티에라와 리리에게 말을 건넸다.

"아오이는 어디 갔어?"

"어―. 뭔가 화국과 인연이 있던 아이가 있는 모양이라서. 도?
이야기로 신이 났어."

보아하니 확실히 아오이가 무언가 열성적으로 이야기를 하고,
그 열성이 담긴 이야기를 메모하며 듣고 있는――.

"어라, 엘프인가……?"

"본인 말로는 드워프의 피가 섞여 있다고 그러는데, 확실히 외
모도 그런 느낌이네."

스타일 발군인 미남미녀들이 늘어선 엘프 중에서 단 하나 이질
적인 생김새의 엘프. 여하튼 큰 것이었다. 옆으로. 그것만으로도
이미 이 자리와 안 맞는다고 할까, 눈에 띈다.

"이쪽을 알아차린 모양이네요."

리리가 말했듯이 아오이와 그 엘프가 내 시선을 알아차렸는지
이쪽으로 다가왔다.

그러는가 싶더니 눈앞에서 그 엘프가 갑자기 무릎을 꿇고 머리
를 숙였다.

"처음 뵙겠습니다……! 대왕님. 저는 돈가. 드워프의 피를 이은
엘프입니다."

"어…… 아니, 잠깐만. 지금 뭐라고 그랬지?"

"어머나. 내가 여왕이고, 그보다 위에 있으니까 그렇게 부를 수
밖에 없잖아?"

"아니 그건……."

어느샌가 기정사실처럼 티에라가 말했다.

엘프다운 느낌이 희박한 돈가가 무릎을 꿇고서 계속 말했다.

"이번에는 저희의 미래를 개척해주시어, 진심으로 감사드립니다."

"아니아니, 그렇게 대단한 일은…… 오히려 숲, 태워서 미안해."

"아뇨. 저건 필요한 일이고, 또한 저희에게도 결코 마이너스만 있는 건 아닙니다."

"그런가."

"지금이니까 크게 말할 수 있는 이야기이지만, 숲에 집착하던 것은 장로들뿐. 이미 성역이 힘을 잃고 있다는 사실은 다들 깨닫고 있었습니다."

뭐, 애당초 그러니까 티에라를 따라온 엘프가 많았던 거구나.

화전과 마찬가지로, 새로운 생명을 싹틔우지 않고서는 자신들도 위험하다고 느끼던 모양이다.

새로운 생명에는 새로운 정령이 깃든다. 정령들이 또다시 힘을 부여해준다. 그것이 엘프들의 본래 생활이었다.

장로들은 어느샌가 변화를 두려워한 나머지, 필요한 변화조차 받아들이지 못하게 되었다고 이야기해 주었다.

"수천 년의 세월을 산다면 그것도 어쩔 수 없는 일이 아닐지……."

"뭐, 그러네. 그런데 돈가. 슬슬 고개를 좀 들어줘."

"예. 황송하오나……."

고개를 든 돈가는 드워프의 수염과 커다란 체구, 엘프가 가진 단정한 생김새를 모두 얼굴에 담고 있었다.

참으로 언밸런스하네…….

다만 얼굴이 단정한 것은 부럽기 그지없었다.

"주인님의 얼굴, 저희는 정말 좋아하니까요?"

"마음을 읽지 마."

리리에게 딴죽을 건 다음, 다시 돈가를 봤다.

"보고 있었는데, 대장장이인가."

"예. 하지만 숲은 불을 그다지 좋아하지 않기에. 이렇게 지식과 몸만 뒤룩뒤룩 부풀어 올라서, 실전에서는 오랫동안 떨어져 있습니다만."

"그럼 우리한테 오지 않을래?"

"그래도 됩니까?!"

영지를 가진다면 원하는 존재 상위에 들어가는 대장장이. 본인도 외부에 대한 흥미도 강하다면, 그런 생각으로 말을 건네었는데 내가 노린 그대로 돌아가는 듯했다.

엘프의 수명이 가져다주는 막대한 지식, 드워프의 피가 만들어 낸 대장장이로서의 재능.

더할 나위 없는 전력이다.

그런 이야기를 리리에게 들었으니까 권유했다.

"미개척 영지야. 고생이 많을 거라고?"

"그건 이쪽도 마찬가지."

"그도 그런가…… 괜찮겠어? 티에라."

"후후. 괜찮아. 오히려 몇 명인가는 보낼 생각이었어."

"그런가."

저 싹싹한 엘프들이 영지로 오는 건가.

"즐거워지겠는데! 린트 군!"

어느샌가 등 뒤에 와 있던 빌레나가 뒤에서 끌어안으며 말했다.

"그러네."

이래저래 두근두근하는 것도 사실이었다.

그 후로 티에라가 참가자들을 향해 신국 및 내 차기 영지를 중심으로 한 왕국과의 교역 해금이나, 어째선지 얼렁뚱땅 결혼이 발표되어서 소란이 있었지만…… 뭐, 됐나.

이제는 될 대로 되라, 였다.

티에라와의 아이는 내 후계자 분쟁에는 참가하지 않지만, 엘프의 차기 국왕으로서는 기대를 받고 있나 보다.

성욕의 개념이 그다지 없는 엘프들은, 아이 만들기는 일이라고 판단하는 듯했다.

그러니까 그저 악의 없이, 열심히 아이를 만들라며 말을 건네는 승리 축하 연회가 되어버렸다.

◇

연회도 끝나서 엘프들도 잠자리에 들고, 우리도 슬슬 자려던 참에…….

"서방님. 다들 열심히 하라고 그랬지."

"티에라……."

명백하게 유혹하는 목소리로 티에라가 말했다.

지금 우리가 있는 곳은 티에라를 위한 개인실이었다.

나무들을 조종하는 엘프들이 만든 간단하면서도 쾌적한 오두막이 나무 위에 설치되어 있었다.

그러니까 방해하는 사람은 없다……지만…….

"나도 서방님에게 아이 만들기는 의무만이 아니라 가르침을 받고, 마음도 더는 억누를 수 없는 참이지만…… 오늘은 이 아이에게 양보할 생각이야."

"이 아이라니…… 아오이?!"

하얀 옷을 입은 아오이가 티에라 뒤에서 훌쩍 나타났다.

"으으…… 그게…… 저만 결국 몸을 바치지 않았으니……."

"그게 아니잖아?"

"으윽…… 그게…… 저도 부디…… 린트 경의 총애를 받고 싶어서……."

"어…… 대체 무슨 심경의……?"

"이 아이도 서방님한테 반했다는 거야. 게다가 오늘은 그만큼 깊게 이어져 있었으니까."

"아아……."

심경의 변화에는 충분한 계기인가.

"그보다 이 아이, 테임을 받은 날부터 사실은 기다렸다고?"

"아니?! 티에라 경?!"

"후후. 양보해주는 거니까 조금 심술을 부렸네."

"으으……."

어쩐지 자매 같은 관계구나.

"그게…… 이만큼 매력적인 여자들한테 둘러싸인 린트 경에게는……."

""그런 걱정은 필요 없어.""

티에라와 목소리가 겹쳤다.

"괜찮겠어?"

"부족한 몸이지만…… 잘 부탁해요."

갸륵한 아오이를 보고 더는 참을 수가 없었다.

그러지 않더라도 티에라가 나를 그런 기분으로 만들었으니까.

"여기서 괜찮겠어?"

"그래. 아오이가 힘이 다하고 서방님이 아직 **팔팔**하다면, 내가 상대할 테니까."

요염하게 미소 짓고 티에라가 마법을 발동시켰다.

침대 주위를 천막이 뒤덮듯이 둘만의 공간이 만들어졌다.

"그럼……."

"아으…… 긴장되네요."

"그럼 힘을 빼고…… 처음은 나한테 맡기면 되니까……."

역시나 나도 이제까지 이만한 숫자를 소화했다.

슬슬 리드할 수도 있을 터.

그럴 생각으로 다정하게, 불안하게 만들지 않으려면 어떻게 할지 생각했는데……

"단둘……이네요."

"응."

"누군가 여길 볼 걱정도 없겠죠."

"그렇지?"

뭔가 분위기가 이상하다고 생각한 다음 순간──.

"언제까지 참게만 할 건가요!"

그러면서 아오이가 내게 뛰어들어 그대로 입술을 빼앗았다.

"응?!"

입 안을 유린하는 것 같은 키스.

그보다도 이거…….

"푸핫?! 이거 뭐야."

"아. 흥분해서 인간의 것과는 달랐을지도 모르겠네요."

아오이가 혀를 내밀어 드러냈다.

일단 길다. 그리고 끝이 둘로 갈라져 있었다.

"오오……."

"바로 되돌릴 테니──."

"아니, 그대로가 좋아."

아오이에게 틈을 주지 않고 바로 키스를 했다.

이번에는 반대로 내 쪽에서 아오이의 입 안을 범했다. 소극적이던 아오이도 스위치가 들어가서 혀를 휘감았다.

"응…… 하아…… 이래도 되는 건가요?!"

"뭔가 야해!"

평소보다 휘감기는 숫자가 달랐다.

아니, 애당초 아오이와는 처음이니까 그것만으로도 평소와는 차이가 있지만.

"마음에 드셨다면 다행이에요."

그러더니 아오이의 오라가 또 바뀌었다.

오라라기보다 이건…… 스위치가 들어갔다는 느낌이었다.

그대로 나를 눕히더니 옷을 벗기며 갑자기 내 물건을 입에 물었다.

"윽."

"어떤가요?"

둘로 갈라진 긴 혀가 휘감기듯이 내 물건을 자극했다.

"마음에 드시는 모양이네요."

내 반응만으로 그렇게 판단한 아오이의 기세가 더욱 강해졌다.

체험한 적이 없는 자극에…….

"안 돼…… 벌써……."

"괜찮다, 고요?"

입에 문 채로, 나를 올려다보며 그렇게 말하는 아오이.

굳이 따지자면 고지식하다는 이미지가 있는 아오이의 평소와 너무나도 다른 표정에 흥분한 나는…….

"간다……!"

풋풋 소리가 들릴 정도의 기세로 아오이의 입 안에서 끝냈다.

한동안 입에 문 채로 그것을 받아들인 아오이는, 마지막까지 공들여서 빨아들인 뒤에 입을 떼고…….

"굉장한 양이네요."

그러면서 혀를 날름거렸다.

이미 그것만으로 야해서, 지금 막 갔는데도 금세 팔팔해져 버렸다.

"아오이⋯⋯."

"물론 이걸로 끝낼 생각은 없어요."

그러면서 옷을 벗었다.

드러난 가슴은 비교적 체구가 작은 아오이에게 딱 맞거나 오히려 조금 크게 보일 정도로 탱탱했다.

그리고 하반신은⋯⋯.

"천?"

"천⋯⋯ 아, 훈도시에요."

본 적이 없는 속옷이었다.

어떤 옷이라도 천은 천이지만⋯⋯ 아오이의 속옷은 천을 몸에 감은 것 같은 특수한 옷이었다.

"그러고 보니 가슴도 천을 감은 것 같은데⋯⋯."

"무명이에요. 이런 부분은 이쪽 나라와 문화가 다른데⋯⋯ 싫은가요?"

불안한 듯 아오이가 말했다.

"아니, 이건 이것대로 좋아."

"린트 경은 뭐든 괜찮은 거군요."

그러면서도 안심하고 기쁜 듯 웃었다.

다만 문제는⋯⋯.

"벗기는 방법을 모르겠어."

엉덩이는 이미 거의 다 드러냈다고 해도 될 상태.

하지만 막상 벗기려고 했더니 어떻게 하면 좋을지 알 수가 없었는데…….

"이렇게 하면 돼요."

아오이가 직접 속옷을 벗었다.

알몸이 된 아오이의 몸은…….

"아름다워."

"부끄러워요…….."

뺨을 붉히는 그 동작도 어우러져서 나를 흥분시켰다.

"그럼…….."

내 말에 아오이는 고개를 끄덕이더니 침대에 누워 다리를 벌렸다.

더는 부끄러워서 참을 수가 없는지 얼굴을 옆으로 돌린 모습도 포함해서 귀엽고 야해서…….

"간다고."

"응!"

끝이 닿은 것만으로 아오이가 움찔했다.

무심코 흘린 목소리를 억누르듯 입으로 손을 가져갔지만…….

"으응! 아앗!"

그 손은 거의 의미도 없이, 아오이도 포기하고 침대 시트를 붙잡았다.

그보다도 이 반응…….

"처음이었나."

"물론이에요…….."

단둘이 된 다음부터의 적극적인 자세 탓에 착각하고 있었다.

다만 그럼에도…….

"괜찮아요. 아프지는 않으니까 움직여주세요."

"응…… 나도 못 참을 것 같아."

"응!"

용이라서 그런지 아오이가 특별한 것인지 모르겠지만…… 드나들 때마다 감싸고 떨어지지 않으려 수축했다.

"이거…… 굉장해……."

"응! 하아! 앗!"

아오이에게 여유는 없는 모양이지만, 이런 반응이라면 내게도 여유는 없었다.

"잠깐…… 순식간에 갈지도 모르겠어."

"괜찮…… 응! 아요……."

그러면서 양팔을 벌리고 나를 받아들였다.

유도하는 그대로 아오이에게 쓰러져서 입술을 겹쳤다.

"응…… 하아……."

또다시 아오이의 혀가 내 입 안을 유린했다.

팔의 힘도 컨트롤하고 있는지 알 수는 없지만 강해져서 더는 빼낼 수가 없을 것 같았다. 빼낼 필요도 없지만…….

"린트…… 경!"

허리의 움직임도 연동시켜서, 내가 위에 있는데도 주도권을 모조리 빼앗긴 것 같은 상황이 되었다.

"간다…….."

"저도…… 응! 으으으으으으응!"

서로 끌어안은 채, 함께 절정에 다다랐다.

"하아…… 하아……."

한순간 힘이 풀리고, 이것으로 끝인가 싶던 참에…….

"으음?!"

내 입술을 또 억지로 덮었다.

"린트…… 경! 린트 경!"

"잠깐만?! 지금 막 갔는데……."

"괜찮, 아요!"

그대로 허리의 움직임을 재개했다.

단단히 끌어안겨 있으니까 거스르지도 못하고, 강제적으로 2회전에 돌입했다.

"──윽?!"

기분 좋은 건 괜찮은데, 갑작스러운 일에 한순간 머리가 따라가지 못했다.

하지만 아오이가 움직이는 것으로 확실하게 내 아들은 의욕을 되찾고, 아오이도 멈출 기색은 없었다.

"할 수밖에 없나."

마음을 다잡았다.

이렇게 되었다면 할 수 있을 때까지 한다.

"응! 하아! 아앗!"

흥분한 아오이는 점점 더 격렬해졌다.

이거…… 내가 버틸지 알 수가 없다고…….

"이건 어때?"

"읭!"

키스가 그친 타이밍에 목을 핥았다.

하지만 내 움직임이 느슨해지는 것과 동시에······.

"그럼 저도······."

"귀?!"

긴 혀로 귀를 공략했다.

체험한 적 없는 자극이 또다시 내 몸을 덮치고, 힘이 더는 들어가지 않았다.

"후후. 린트 경, 귀여워요."

"귀여──읭!"

완전히 주도권을 빼앗겼다.

아오이의 눈은 요염하게 빛나고, 본능적으로 거스를 수 없다고 느껴지는 오라를 뿜어내고 있었다.

"이대로 전부······ 짜낼게요."

"큭······."

"읭······ 좋아······! 읭!"

아오이의 공세가 그치지 않았다.

이대로는······.

"또 가겠어······."

"괜찮다고요? 팍팍 가세요."

다만 가더라도 그만해줄 것 같지는 않았다.

체력이 버틸지 불안하니까 슬슬 반격을 해두고 싶은데······.

"자자, 가는 거예요."

귓가에서 그렇게 속삭이는가 싶더니 또다시 혀가 귀를 범했다.

동시에 허리의 움직임도 강해지고.

"큭!"

"아아, 와요……!"

두근두근 심장 소리가 시끄러웠다.

단기간에 세 번이나 짜여서 한계가 가깝다는 증거였다.

당연히 아오이는 그만둘 생각도 없는 모양이라 어떻게든 반격의 실마리를 찾았다.

"아오이, 이쪽은 어떨까?"

"이쪽……? 으으으으웅?!"

틈을 찔러서 몸을 뗀 순간, 삽입은 하는 상태로 엉덩이의 구멍을 공략해봤다.

효과는 바로 있었다.

"세상에?! 그쪽은…….."

"약하구나."

"으으웅!"

손가락을 넣자 완전히 구속도 풀리고 아오이에게서 여유가 모조리 사라졌다.

"이래서야 움직이기 힘든데."

"기다리세요! 응! 앗!"

손가락을 움직이기만 해도 힘이 약해지는 것을 이용해서, 간단히 아오이의 자세를 바꾸어서 엎드리게 만들었다.

힘이 들어가지 않는 머리는 내려가 있으니까 엉덩이만 내민 듯한 포즈였다.

"부끄러…… 웅! 안 돼요…… 안 돼요오오오오오오오오오옷?!"

"이쪽도 할 수 있을까……?"

"그건…… 잠깐만요! 그쪽은 그런 게 들어갔다가느으으으으으으으으으으으으으은?! 아아아아앗! 아아앗!"

있을 수 없는 기세로 펄떡펄떡 몸이 튀었지만, 그것으로 의식이 날아가는 일은 없었다.

뒤에서 엉덩이에 넣고서, 그리고 손을 돌려서 클리토리스를 만졌다.

"앗! 아앗! 안 돼…… 웅! 아아아아아아아아아앗!"

그저 소리만 지르게 된 아오이를 그대로 공략했다.

조금 전까지의 보복이기도 하지만, 아오이의 갭에 흥분해서 억누를 수가 없게 된 부분도 있었다.

좀 더 이상해지는 아오이가 보고 싶어서 격렬해지고 말았다.

"앗! 아아아! 안 돼…… 웅! 으으으으으으으으웅!"

"슬슬 나도……."

"부탁이에요! 웅! 이 이상은 이제……! 웅! 아아아앗! 그러니까…… 웅! 와요오오오오오오오오오오."

아오이의 한계도 가깝고, 나도 그랬다.

라스트 스퍼트로 단숨에 공세를 가했다.

"앗! 아앗! 아아아아아아아아아아."

"간다."

"으웅! 앗! 아아아아아아아아아아아아아!"

그저 소리만 지를 뿐, 여유가 사라진 아오이에게 가차 없이 네 번째 사정을 했다.

네 번째치고는 가장 많은 게 아닐까 싶을 정도로 격렬하게 나온 탓에, 아오이에게는 더더욱 자극을 가하는 모양새가 되고…….

"커헉…… 히이—…… 하아…… 응…… 하아하아…… 아앗."

꿈틀꿈틀 한동안 경련이 그치지를 않았다.

"나도, 한계야……."

꿈틀꿈틀하며 누운 아오이 옆에 쓰러져서, 둘이서 그대로 녹아 내리듯 잠이 들었다.

역시나 지금부터 티에라와 할 여유는 남지 않은 것이었다.

"다녀왔어—!"

엘프의 숲에서 하룻밤을 보내고, 우리는 플레멜의 집으로 돌아왔다.

엘프의 숲, 이라고 했지만 모조리 태운 뒤라서 이미 숲인지 뭔지도 애매하단 말이지…….

저쪽의 재정비를 위해서 티에라는 남는가 싶었는데, 엘프는 느긋한 데다가 바삐 움직이고 싶어 하는 타입은 다들 우리 영지로 온다고 해서, 남은 이들은 십 년만 기다리면 다시 숲이 생길 테니까 걱정하지 말라며 배웅했다.

시간의 감각이 너무나도 달라…….

"후후. 나도, 이곳으로 돌아오니 차분해지게 됐어."

티에라가 말했다.

"신기하네요. 저는 아직 두 번째인데도……."

"그만큼 이번 상대가 힘겨웠다는 걸까요. 전원 무사히 돌아올 수 있었다는 사실에 안도할 정도로."

리리의 말을 듣고 다시금 생각했다.

하이 엘프들, 그리고 최후에 대치한 그랜드 엘프는 이미, 마지막에는 싸움에 따라가지도 못했다.

아오이를 정령 빙의하고, 아오이에게 몸을 맡기고서야 간신히 대미지를 줄 수 있었을 뿐.

벨이 없었다면 먼저 쓰러진 것은 나였을 테고, 마무리를 한 것도 티에라였다.

"사룡도, 강하겠지."

"단단히 준비를 갖추고 임하죠. 봉인이라는 것은 일종의, 힘을 비축하는 휴식 같은 것. 경우에 따라서는 이전보다 강력해졌을 테죠."

리리의 말에 머리를 부여잡았다.

"봉인 전에 S랭크가 일곱인가 여덟인가, 붙었다고 그랬는데 말이지……."

대체 얼마나 강한 상대와 싸워야만 하는 거야…….

"후후. 기대돼?"

빌레나가 내 얼굴을 들여다보며 그런 말을 했다.

"어……."

"서방님, 살짝 웃고 있었지."

티에라까지 그런 말을 했다.

"주인한테는 불완전연소였다는 거로군. 이번 상대는."

"아니…… 버거웠는데."

다만 확실히, 역부족이라고 느끼는 것과 동시에, 무언가 분하다는 심정은 있었다.

"역시 린트 경은 터무니없군."

바론이 말했다.

"그만한 적과 맞서고서도 또 다음을 기대하는 표정이 아닌가."

"다음은 리벤지인걸. 나도 같아!"

"빌레나와 같다, 인가……."

물들었다, 라고 말하면 조금 그렇지만, 영향은 강하게 받고 있다는 자각이 있었다.

동시에 원래 이런 부분이 있었구나, 그런 심정도 있었다.

빌레나와 만나고서 간신히 찬스를 받은 것이다.

"강해지고 싶어."

"보통은 이 이상 강해져서 어쩌자는 말을 하고 싶은 참이다만, 다음 적이 그만큼 강하다는 걸 안다면 필요하겠지."

바론도 이러니저러니 하면서도, 같은 심정을 강하게 느꼈다.

둘이서 따라가는 것에 필사적인 멤버에게 둘러싸여 있지만 말이지.

바로 그렇기에 이런 멤버와 싸울 수 있다는 것이 기대된다.

이번의 적 같은 게 마구 쏟아지는 것도 곤란하겠지만, 다음이 있다는 사실에 어딘가 두근두근하는 내가 있었다.

"걱정하지 않더라도, 사룡 토벌 다음에도 목표는 있으니까요."

"어……?"

리리가 아무렇지도 않게 말했다.

"그러네. 그랜드 엘프가 반신, 이었다면 조만간 신마저 상대하게 되진 않을까."

"사룡이 순조롭게 강해졌다면 신의 영역에 들어갔을 테니까ㅡ."

"잠깐만. 그렇게 강한 상대가 쏟아져 나오는 거야?!"

이 이야기에는 역시나 당황했다.

"이 땅에는 잠들어 있는 것만으로 신의 이름이 붙은 괴물은 잔뜩 있지."

"화국에도 신룡이 잠들어 있다고 일컬어져요."

"그보다도, 카게로도 순조롭게 성장한다면 그렇게 될 테고."

"큐쿠?"

자기 이름이 나오자 카게로가 훌쩍 얼굴을 내밀고 뺨을 비볐다.

이러고 있으면 천진난만한 표정의 그냥 여우인데 말이지…….

그리고 보니 카게로도 환수니까 성장한다면 그렇게 될 가능성이 있는 생물이었나.

"그런가…… 있구나……."

"그야말로 수천 년이나 지내다 보면 언젠가 만나겠지."

"수천 년……."

조금 상상할 수 없는 숫자가 나와서 또다시 아득해졌다.

"린트 경이 언제까지고 자신감을 가지지 못하는 이유를 잘 알겠군."

바론의 말대로였다.

"수명의 문제부터 손을 대야만 했지. 그러고 보니."

"그러고 보니 그렇군. 수명이 억지로 줄어든 자들도 있다."

티에라와 벨이 화제를 전환했다.

엘프의 문제가 해결된 지금, 당장에라도 움직이는 편이 나은 이야기가 되었다.

"이제까지는 어찌어찌 흘러왔는데, 수명이란 건 어떻게 늘리는 거야?"

"영지 백성이 빼앗겼다는 수명은, 그를 대신하는 에너지원이 있다면 되돌릴 수 있어."

"에너지원……."

수명을 대신하게 된다면 터무니없는 규모가 되지 않을까 싶었는데, 빌레나가 가벼운 태도로 이렇게 말했다.

"정말 어떻게든 될 거야. 그쪽은."

"그래. 뭣하면 내 마력으로 일부는 채울 수 있고, 다른 사람들의 도움을 받는다면 그렇게 큰일도 아니야."

"그렇게 간단히……."

아니 뭐, 티에라나 리리의 마력이 너무나도 규격 밖이라는 이야기는 당연히 있다지만…….

"엘프는 다들 그런 게 가능해……?"

"이건 티에라가 만들어낸 마법이니까, 티에라 말고는 못 쓰겠죠."

"그런가."

리리의 말을 듣고 티에라를 봤다.

"그래. 원래 두 사람을 위해서 만든 거니까."

리리와 빌레나를 보고 티에라가 말했다.

"그런가. 그러고 보니 세 사람은 언제부터 알고 지냈어?"

"언제부터인가, 그건 제쳐놓고."

빌레나의 서두에 압력이 있었다.

이 부분은 더 이상 건드리지 말자.

다만 그것 말고는 이야기해 줄 모양이었다.

"처음에는 나뿐이었고, 리리와 만난 건 꽤나 지난 뒤였지―."

"어라? 그랬나."

"그립네. 빌레나가 엘프의 숲 근처에 왔을 때, 내가 흥미를 가지고 다가갔지."

티에라는 원래 호기심이 강했단 모양이니까 이미지는 바로 떠올랐다.

"저런 곳에서 뭔가 나올 거라고 생각하진 않았으니까 바로 공격해 버렸지만 말이야―."

냐하하 웃으며 빌레나가 말했다.

빌레나가 얼마나 강한지를 생각하면 웃을 일이 아닌 것 같지만……

"그 무렵의 빌레나, 아직은 거의 짐승이었지."

"와악―! 그 이야기는 안 해도 되니까!"

드물게도 무척 허둥대는 빌레나.

옛날이야기를 할 때만큼은 조금 허둥대는구나.

뭔가 의외라서 귀엽다.

그건 그렇고…….

"그건 괜찮았나……."

"아슬아슬하게. 근접전은 당시부터 못 이겼지만, 이미 나는 별의 책을 읽었고 빌레나는 아직 아니었으니까."

의외의 사실이었다.

빌레나한테도 그런 시절이 있었나.

"별의 책에 대해 안 것도 티에라와 만난 뒤였으니까―."

"그 전부터 이상하게 강했지만."

둘이서 함께 웃었다.

"한동안 둘이서 놀고, 그때 나는 빌레나한테 모험가 이야기를 들어서 등록하고, 빌레나의 별의 책을 찾는다든지 한동안 그렇게 지냈지만, 일단 여왕으로서 할 일이 있으니까 돌아와서…… 그다음이지. 리리를 데리고 또 찾아온 건."

"그랬죠. 빌레나도 무척 사람다워지지 않았나요?"

후후, 웃자 빌레나가 또 얼굴을 붉히고는 토라진 듯 고개를 홱 돌렸다.

어린애 같아서 귀엽네.

"놀랐어. 상식이라고 할까, 평범하게 커뮤니케이션을 취할 수 있었으니까."

"빌렌트 덕분이에요."

"잠깐잠깐! 나 원래 그렇게나 이상하진 않았으니까?!"

"그건 어떨까."

"아니니까! 아니니까 말이지, 린트 군?!"

어째선지 빌레나는 필사적이었지만, 신경 쓰지 않고 리리가 계속 이야기했다.

"빌렌트가 이것저것 주입했으니까요."

"아— 그런 인연인가."

빌렌트가 두 사람의 스승이라고 했다.

현역 시절은 S랭크 모험가라고 들었지만 지금의 빌렌트는 강하게 보이지 않았는데, 두 사람이 사사했다는 건 그런 부분도 이유겠지.

"으으…… 이걸로 끝! 이 이야기 끝!"

"어머. 아직 중요한 이야기를 안 했잖아."

"수명 이야기도 한걸."

"그래그래. 빌레나와 헤어지기 전에, 내가 신역의 마력을 바탕으로 만든 마법…… 대상의 수명을 무한하게 끌어올릴 수 있는 비술— 이모탈."

"무한하게……?"

"정확하게는 에너지원을 생명에 의존시키지 않게 만든다…… 라고 해도 이해하기 어려울까. 정령에게 수명은 없지? 그리고 실체도 없어."

그것은 카게로를 보면 잘 알 수 있다.

그보다 나도 아오이를 정령 빙의했을 때에는 거의 그런 상태였다.

불꽃 같은 부정형의 몸은 상처를 입어도 금세 부활한다.

"요컨대 마력이 다하지 않는다면 죽지 않는다…… 같은 걸까?"

"그러네. 그리고 그 마력의 근원을 분산해."

"분산……?"

"평범한 인간은 심장을 뚫리면 죽지만, 엘프나 정령을 죽이려면 에너지원을 끊어야만 해. 그 에너지원이 한곳에 편중된다면, 그걸 찌르면 죽어. 예를 들자면 최고 장로는 신목과 일체화에서 몸을 얻었지만, 결국 그 몸이 급소가 되어버렸지."

"잠깐만. 그럼 빌레나는 찔러도 안 죽는 거야?!"

"그래! 해볼래?"

"아니……."

그런 가벼운 느낌으로 찌르라고 하진 말아줘.

"나도 마찬가지로, 생명이 육체에 의존하지 않게 근원의 마력을 분산시키고 있어."

"뭔가…… 심장이 몇 개나 있는 것 같네."

"그럴지도 모르겠네."

간단하게 말하면서 웃고는 있지만 터무니없는 이야기였다.

아니 뭐, 엘프는 원래 그런 생물이라고 해도, 말이다.

"참고로 나도 그렇겠군. 이 세계에서 죽어도 얼마 후면 마계에서 부활한다."

"그건 저도 그렇겠죠. 하지만 그것은 동일인물이라고 할 수 있을지 수상쩍지만요."

"어라? 그런가."

"고위 생명체는 그래. 정령도 자주 그렇겠지만……. 생명의 근원을 분산한다는 건, 예를 들어 나라면 주변 정령들의 에너지 하나하나이고, 벨은 마계에 넘치는 고농도 마력, 아오이는……."

"지맥이라 불리는 자연의 에너지에요."

티에라의 말에 아오이가 시원스레 대답했다.

지맥은 아마도 그 지역에 잠든 강력한 마력…… 아니, 마력과는 별개라도 해도 될 정도로 이질적인 에너지였을 터.

일단은 전부 마력의 일종이라고 그러지만.

"뭐, 이런 느낌으로 이것저것 있지만. 부활할 수 있다고 해도 한 번 그 에너지 안에서 엉망진창이 되어버려서…… 자아를 유지할 수 없을 정도로 시간도 걸리니까, 다시 태어난 생명은 동일인물일지 좀 의심스럽지."

전에 벨이 그런 말을 한 것 같기도 하네.

죽지는 않지만 적어도 오랫동안 만날 수는 없다고.

그런 원리였나…….

하지만 그것은 사실상의 죽음이겠지.

"괜찮아요. 자아를 잃기 전에 되돌릴 테니까."

리리가 웃었다.

아, 이것이 평소에 말하는 죽어도 되살려낼 수 있다는 것일지도 모르겠다…….

터무니없는 이야기가 턱턱 이어지는 것이 무서운 듯한, 현실성을 띠며 한층 더 멀게 느껴진다고 할까…….

"걱정하지 마라. 주인이 우리와 비슷한 존재가 되는 것뿐이야."

"아, 겸사겸사 바론도 하는 편이 낫겠네."

"나 말인가?! 그런 괴물, 되는 쪽도 상응하는 조건이 있을 텐데. 티에라 경의 마법이 규격 밖이라고 하더라도."

"역시 바론. 하지만 이미 바론도 충분히 그 자질을 가지고 있으니까요."

"그런가……?"

"예. 자각이 없는 모양이지만 이미 당신도 S랭크를 넘어서는 실력자예요. 이모탈이라는 마법은 존재의 격을 끌어올리는 주인님의 테임과 같은 원리니까, 끌어올려도 방법이 없다는 상황만 아니라면 괜찮을 테고, 몸도 받아들일 거예요."

"그렇군……."

그렇다고 할까…….

"나랑 바론 외에 모두 정령과 같은 수준의 존재였다는 건가."

이미 이모탈을 사용한 수인 빌레나.

마찬가지로 이모탈을 사용하고, 그러고서 천사화한 리리.

악마라는 정령보다 격상이라 할 수 있는 존재인 벨.

정령의 상위체 같은 존재인 엘프 티에라.

그리고 용이라는 이 또한 정령 이상의 격을 가진 상위 생명 아오이.

이제까지도 몇 번이나 터무니없는 멤버라고 생각은 했지만, 이렇게 나란히 있으니 이제는 괴물 같아서 이상한 웃음이 나왔다.

쿠엘이 모인 우리를 보고 쓴웃음 짓던 것은 이런 이유였을지도 모르겠다…….

"후후. 그러네. 그렇게 생각하면 재미있네."

"인간이 너무 적어."

그러고 보니 바론도 다크 엘프다.

정령과의 거리감이 멀다, 같은 이야기를 들었으니까 이모탈이 필요한 건가.

애당초 수명, 길 텐데 말이지.

"뭐, 그런 느낌으로 하고 와—."

"신국의 백성들을 불로불사로 만들 수는 없으니까, 그런 부분은 제대로 나누어주도록 마력량을 조절하죠."

"리리랑 티에라가 조심한다면 괜찮겠지……? 그건."

"애당초 신국에 그런 수준의 포텐셜을 가진 아이가 있다면, 이쪽으로 스카우트해 버려도 괜찮지 않을까."

"확실히……."

적어도 S랭크 수준의 실력자라는 이야기인걸.

뭐, 애당초 조금 전의 이야기로는 억지로 그런 마력을 맞닥뜨리면 보통은 백성 쪽에서 못 버틸 것도 같으니까 조정해주겠지.

"나도 역시나 숲으로 돌아가야만 쓸 수 있는 마법이니까, 어차피 돌아온 다음이야."

"금세 불사신이 되어버리겠네—. 린트 군."

"그렇게나 가볍게……."

여전히 마이페이스로 터무니없는 짓을 저지르려 하는 멤버였다.

그렇다고는 해도 이건 이제 티에라한테 맡기기로 하자.

"숲이 돌아올 때까지 십 년이라고 그랬는데, 그 정도로, 말이야?"

"아니. 새로운 신역으로도 에너지원에 충분하니까, 그렇게까지는 안 걸리려나."

"그런가."

현실성이 없으니까 십 년 정도는 걸려도 되겠다는 생각조차 있었는데, 의외로 빨리 되나 보다.

뭐, 그래도 지금 이 이상 생각할 일은 없어 보이네.

"그리고 생각해야만 하는 건……."

"주인은 슬슬 저 길드 계집한테 잔소리를 듣지 않겠나?"

"윽……."

영지 운영, 루미 씨한테 모조리 맡겼으니까 말이지…….

잔소리를 듣는 게 싫다기보다는, 루미 씨한테 폐를 끼친다는 자책에 사로잡힌다.

그렇지만…….

"영지 일, 모르겠으니까 말이지……."

"냐하하. 뭐, 맡길 수 있는 건 맡겨두면 돼."

"린트 경은 전체적인 방침만 정해두면 충분하겠지. 저쪽도 그럴 생각이야."

"그래도 된다면……."

그렇지만 루미 씨가 너무나도 착실해서 나는 끄덕이기만 해도 끝날 것 같다.

"호랑이도 제 말하면, 말이야."

"린트 씨! 돌아왔다면 말씀해주세요!"

"미안해……."

침실로 루미 씨가 찾아왔다.

이래저래 혼이 날까 싶었는데…….

"또 바로 나가시나요?"

분노는 그다지 느껴지지 않는 목소리로 그렇게 물었다.

"으음…… 어떻게 할래?"

파티에게, 라기보다 리리에게 확인했다.

"그러네요……. 티에라가 마법을 쓰려고 해도 어느 정도는 준비가 필요하니까, 주인님은 그동안 이쪽에 있어도 문제없겠죠."

"그런가요!"

루미 씨의 표정이 화악 환해졌다.

그렇게나 일이 쌓여 있었나 싶었더니…….

"린트 군, 둔하구나. 유혹하는 거야."

"뭐?!"

루미 씨가 순식간에 빨개졌다.

"유혹하는 게 아니고요! 그게…… 아니, 물론 **그런 일**도 조금은 기대하지 않는다면 그게…….'

필사적으로 변명하는 루미 씨가 점점 더 빨개져서 귀엽다.

그런 루미 씨를 보며 벨이 말했다.

"흠……. 확실히 주인은 집을 많이 비우니까 말이야. 이쪽에 있을 때 정도는 상대해주도록 해라."

어…… 그런 일인가? 이건.

"그렇지만 저희도, 여기가 아니면 느긋하게는 못 했단 말이죠."

"후후. 쟁탈전이네. 나도 결국에 못 했으니까."

"아오이뿐이지—. 한 거."

"린트 경……."

어째선지 아오이가 감정이 담긴 눈빛을 보냈다.

아니, 이건 책망을 한다기보다 부끄러워서 얼버무리는 거겠지. 그렇게나 흐트러진 모습, 다른 사람한테는 보여주지 않을 테고.

"냐하하—. 뭐, 하지만 한동안은 평소에 못 하는 사람한테 양보해야겠지."

"바론과 벨은 괜찮나요? 바로 신국으로 갈 거죠?"

"너는 어떠냐. 일단 신국으로 올 테지."

"저는 오늘 루미 씨랑 같이 주인님 상대를 할 건데요?"

"이 녀석 태연하게……."

그런 대화를 듣고 있던 루미 씨는…….

"예에?! 그건…… 어어?!"

"세 사람은 처음일까—?"

"그건 그래요! 그보다도 두 사람도 린트 씨가 처음이고…… 아니! 그게 아니라!"

"자자, 익숙해지면 좋잖아? 어차피 앞으로 늘어난다고—?"

"그건……."

살짝 눈물을 글썽이는 루미 씨가 귀엽다.

이래저래 이상한 것 같기도 하지만 이 얼굴을 볼 수 있다면 뭐 괜찮을까, 그렇게 생각해버리는 내가 있었다.

"으으…… 그러네요……. 지금의 린트 씨와 약혼한다는 건 이런 것……."

갈등을 품은 루미 씨에게 복도에게 다가온 발소리의 주인이 말을 건넸다.

"홋. 새삼스럽군."

"어라? 밀라 씨도 왔나."

"그래, 왔다. 그보다도 정말로 돌아왔다면 말을 좀 하라고! 이미 이 집 정문의 의미가 사실상 없잖아!"

밀라 씨가 평소의 복장으로 화냈다.

가려야 하는 장소만 애써 가린 옷이라고 해도 될지 수상쩍은 옷 탓에, 거친 말투로 말하니 그때마다 가슴이 다이렉트로 흔들렸다.

야했다.

"안 듣고 있구나…… 그 얼굴은."

"앗."

"하아……. 뭐, 상관은 없지만…… 돌아왔다면 말은 해."

기본적으로 하늘로 돌아오는 탓에 정문을 사용하지 않는 것은 사실이었다.

원래 내가 쓰던 오두막이 그대로 가장 위층이 되었고, 길을 위한 스카이 발코니로 이어져 있으니까 평소의 출입구는 그쪽이 되어버렸다.

밀라 씨 입장에서는 뭐, 시끄러우니까 돌아왔다는 건 알겠지만 이래저래 신경이 쓰이겠지.

"방범을 생각하면 이 구조, 안 좋은가……?"

"시케스가 있잖아. 그것만으로 충분히 탄탄하다고 할 수 있을 텐데……."

바론이 말했다.

"그러고 보니 시케스는 잘 지내?"

"여기 있습니다. 주님 덕분에 건재합니다."

"오오……."

갑자기 옆에 나타나서 그렇게 말했다.

잘 지낸다면 됐지만…… 그렇게 생각했더니, 아오이가 시케스를 빤히 바라보며 이렇게 말했다.

"음…… 지금 그 기술……. 시케스 경이라고 했나요?"

"예. 화국의 용."

"아오이라고 불러요. 그보다 지금 움직임…… 시케스 경은 화국에 있던 적이……?"

"그런 거야?"

의외의 접점이라고 생각해서 시케스를 봤다.

"한 번 방문했지만, 그저 지나간 정도입니다."

"지나갔다……. 굉장히 멀지 않았던가."

"시케스는 온 대륙을 돌아다니며 첩보 활동을 했으니까."

바론이 보충해주었다.

굉장하네.

나도 한 번 화국에는 가보고 싶지만, 한동안은 어려울 것 같으니까 이야기 정도는 들어두고 싶은데.

"지나갔을 뿐……. 하지만 화국 시노비의 기술을 습득하고 있는 모양인데요."

"시노비……?"

"첩보 활동부터 암살까지 다양한 역할을 소화하는 나라의 암부(暗部)……였던가요?"

"그래요. 암부, 라기보다는 공인된 전투 집단이에요."

뭔가 멋있네.

이쪽에서 말하는 기사단이, 전투만이 아닌 부분까지 움직이는 느낌일까.

기사단에도 그런 조직이 있으니까 비슷한 느낌일지도 모르겠지만.

"시케스는 시노비였나?"

"아뇨. 주님의 기대에 부응하지 못하여 죄송합니다."

"아니아니?!"

기대하는 눈빛을 보내고 말았을까.

그만 저질렀구나…….

뭐, 그건 넘어가고…….

"그럼 기술만 쓸 수 있는 건가."

"예. 보고 들은 것은 가능한 한 많이 흡수하고 있습니다. 성녀 경이나 바론 경 같은 움직임은 흉내 낼 수 없었습니다만……."

그러면서 시케스는 침울해했지만, 비교 대상이 이상한 거니까.

그런 시케스에게 바론이 말을 건넸다.

"지금의 시케스라면 그때의 나 정도 움직임은 가능할 것 같은데."

시케스도 테임의 영향으로 강해졌으니까 그럴지도 모르겠네.

"시노비의 기술은 본래, 그 혈통에 속한 자가 죽음을 각오할 정도의 고행 끝에 얻는다고 하는데…….”

“굉장하네, 시케스.”

“아뇨…….”

아, 살짝 수줍어서 귀엽다.

“그럼 내일 야한 건 둘이서 같이 해버리면 어때? 화국 이야기로 분위기를 타지 않을까?”

“그런 기준으로……?”

그보다도 둘이 한 세트인가……? 오늘도 어느샌가 정해졌고…….

“그쪽 금발은 괜찮겠어?”

“으엣?! 나? 난 딱히 상관없어…… 그게…… 언제라도.”

“필요 없는 건 아니구나.”

“시끄러워! 딱히 뭐 어때!”

밀라 씨는 밀라 씨다웠다.

그리고 빌레나도 평소 그대로 이런 이야기를 시작했다.

“그럼 사흘째는 머리카락 색깔이 비슷한 밀라랑 티에라로 하면 되지 않을까?”

“너무 적당히 정하잖아…….”

“냐하하.”

“그건 그렇고, 빌레나는 괜찮아? 사흘이나 참을 수 있을까?”

“하고 싶어지면 멋대로 덮칠 테니까 괜찮은가 싶어서.”

어…… 덮치는 건가…….

그보다도 순서를 정하는 의미가 없는데…….

"바론이랑 벨은 괜찮아? 바로 신국으로 가는데."

"나는…… 딱히 강하게 바라는 건 아니지만, 이렇게나 순서를 의식하게 만드니 확실히 해두지 않으면 손해 보는 기분은 드는군."

"그거야말로 가기 전에 할 기분이 든다면 주인을 덮치면 되겠지?"

"벨은 오히려 당하는 쪽이 아닌가—?"

"시끄럽다! 덮치는 건 너일 텐데!"

"냐하하."

이렇게 새삼 생각하니…….

파티 멤버가 빌레나, 리리, 바론, 티에라, 아오이까지 다섯 명.

집과 영지를 관리해주는 시케스, 밀라 씨, 루미 씨로 세 명.

사역마 쪽이 되겠지만 리아밀도 그런 상대다.

합계 아홉 명…….

터무니없구나…….

"어? 린트 군 살짝 팔팔해졌네."

"그건……."

이런 미녀들이 내 앞에서 나랑 언제 야한 걸 할지 이야기를 하는데 흥분하지 않을 남자가 있다면 보고 싶다.

"기왕이면 다 같이, 해볼래?"

"어……?"

"좋네요. 파티에서는 분위기를 타다 보니 그러는 일이 있지만, 이곳에 있는 멤버들과 그런 일을 할 기회는 없으니까요."

"너희들…… 밖에서 하고 있는 거야?"

"나는 말려들었을 뿐……일 테지."

바론의 말에 벨이 깊은 동의를 표했다.

뭐, 시작해버리면 둘 다 의욕적이 되지만.

"마침 괜찮지 않나. 이야기를 했더니 젖기 시작했고."

"으으……. 린트 경의 사역마라는 건 이런 것이군요……."

"갑자기 이런 인원수……."

신이 난 티에라와, 대조적으로 주춤거리는 아오이와 루미 씨.

"냐하하. 뭐, 먼저 하는 사람이 임자라는 걸로……."

빌레나가 내 옷으로 손을 뻗은 참에…….

"먼저 하는 사람이 임자라면, 우선은 저네요."

"루미 씨?!"

어느샌가 바로 옆에 와 있던 루미 씨가 단숨에 바지를 내리고 내 물건을 물었다.

"빌레나가 선수를 뺏기다니…… 굉장하네."

"냐하하. 깜짝 놀랐지만…… 다 같이 하는데 처음부터 튀어나와서 괜찮을까―?"

"응?!"

내 사타구니에 얼굴을 묻고 있는 루미 씨의 몸이 펄쩍 뛰었다.

빌레나가 루미 씨 뒤에서 갑자기 사타구니를 공략하기 시작한 것이었다.

"응…… 푸하…… 앗! 그런…… 치사한…… 아앗!"

"흐흐―응. 언제까지 버틸까―?"

"응! 아앗…… 좋아요……. 오히려 제가 준비할 필요가 생략되었으니까!"

루미 씨는 그러더니 또다시 내 물건을 물었다.

준비라는 의미에서는 이미 충분하고, 무엇보다 이렇게나 요구를 받고 있는데 먼저 체력이 떨어져서야 너무나도 아깝다.

"빌레나. 루미 씨 받을 게."

"이미 늦었나."

얌전히 루미 씨한테서 몸을 떼더니, 빌레나는 다음 타깃을 찾기 시작했다.

"그럼 밀라로 할까."

"할까라니, 뭐야?! 게다가 나는 하겠다는 말은 안 했…… 으응?!"

"이런 야한 복장이면서 안 할 리가 없잖아?"

"그건 너희가 억지로…… 히양…….."

밀라 씨가 귀여운 목소리를 내는 탓에 신경이 쓰이지만…….

"린트 씨. 지금은 절 봐줘요."

양손으로 루미 씨가 얼굴을 되돌려서 시선을 고정시켰다.

어느샌가 옷도 벗어서 가슴이 드러나 있었다.

어중간하게 벗은 모양새가 된 탓에 가슴은 보이지만 옷에 눌려서, 도리어 강조되는 것 같아서 야하다.

"봐달라고는 했지만…… 그게…… 너무 빤히 보는 건 부끄럽다고 할까…….."

루미 씨가 그러더니 얼굴을 가렸기에.

"키스하고 싶은데."

장난을 치기로 했다.

"으으…… 치사해요."

얼굴을 가리고 있던 손을 한쪽만 치우고, 한쪽으로 눈을 가려서 입만 오픈했다.

눈을 뜨고 있지 않다는 것은, 마음대로 기습하라는 거구나…….

"응?! 린트 씨, 잠깐만요?!"

"왜 흐해?"

"키스해 주겠다는 게?! 유두…… 햐앗…… 아앗…… 거긴……."

계속 보고 있던 가슴에 달라붙어서 루미 씨를 공략했다.

"아앗…… 가슴만으로 이런…… 응."

빌레나의 영향도 있어서 완전히 달아올랐으니까 가슴만으로도 보낼 수는 있을 것 같지만…….

"기왕이면 진짜로 보내고 싶어."

"어…… 잠깐만요, 지금 넣으면 저— 으으으으으응?!"

내가 더는 기다릴 수가 없어서 단숨에 가버렸다.

루미 씨의 몸이 튕겨 올라갔다.

"앗! 이건…… 앙! 으으응?!"

갑자기 가버린 것은 물론, 반응이 따라오지 못한 상태에서 공략당하여 생각을 정리할 여유도 사라진 루미 씨.

여유가 사라져서 감추고 있던 얼굴도 더는 감추지 못하게 되었다.

"잠깐…… 아아응…… 앗…… 거긴…… 보지 마…… 햐앗?!"

한계는 진즉에 넘은 모양이지만 마지막까지 나한테 어울려 줘야겠어.

"웅! 아앗…… 웅…….”

키스로 입술을 막자 루미 씨가 매달려서 혀를 휘감았다.

공략할 여유 따위는 없는 모양이라 도움을 청하듯이 매달려서 는 키스.

"간다…… 이대로.”

"푸하…… 하아…… 예! 앗…… 아아아아아아아아!”

"──웃!”

루미 씨가 한순간 먼저 가며 질 안이 수축했다. 나를 놓치지 않 고 짜내는 듯한 그 움직임에 맞추어서 나도 끝냈다.

"하아…… 하아…….”

루미 씨는 만족스럽게 정신을 잃었지만…….

"예. 그럼 다음이네─.”

내 쪽은 쉴 여유는 없어 보였다.

"다음은 어떻게 하실래요? 전원 준비는 되었는데요.”

리리가 그러면서 옷을 걷어 올렸다.

질척질척해진 사타구니를 보여주며, 한 손에 미처 들어가지 않 는 거대한 가슴을 들어 올려 유두를 자기 입에 머금었다.

너무 야한 유혹에 넘어갈 뻔했지만…….

"네가 시작하면 주인이 기절할 때까지 끝이 안 나겠지.”

"괜찮다고요? 기절해도 부활시킬 테니까.”

무서워…….

"오늘은 이 녀석한테 양보해주면 어떠냐?”

벨이 등을 민 것은 밀라 씨였다.

밀라 씨도 이미 주변과 마찬가지, 스스로 만져서 치마에서도 보일 만큼 젖어 있었다.

아니 뭐, 그 전에 빌레나가 덮치기도 했지만.

"저걸 본 뒤에 하는 거…… 좀 무서운데…….''

기절한 루미 씨를 보면서 밀라 씨는 불안해했지만…….

"내가 기절시키는 거랑 린트 군이 하는 거랑, 어느 쪽이 낫겠어?"

손을 조물조물하며 빌레나가 밀라 씨에게 다가갔다.

"히익?!"

도망치듯 내 쪽으로 쓰러지고…….

"네가 무조건 나아! 그보다도, 내가 움직일게! 그러면 내 타이밍으로 끝낼 수 있잖아."

좋은 아이디어를 떠올렸다며 득의양양하게 내 위로 걸터앉은 밀라 씨가 간발의 차도 없이 기승위로 내 물건을 삽입했다.

"으응……. 그만큼 격렬하게 했는데도 왜 이렇게 단단하고 큰 거야.''

불만스러운 말과는 달리 표정은 기뻐 보이고, 그리고 요염하게 웃고 있었다.

"움직일게── 어?! 안 돼! 네가 허리를 붙잡으면 그건……. 아 아아아아아아앗!''

이쪽은 이미 스위치가 들어갔다.

참을 수 있을 리도 없으니, 밀라 씨의 허리를 붙잡고서 이쪽에서 격렬하게 찔렀다.

견디지 못하고 쓰러진 밀라 씨를 지탱하며 기세는 늦추지 않았다. 오히려 쓰러지며 닿고 있는 가슴의 감촉이라든지 밀라 씨의 부드러운 몸이라든지, 그것을 느끼고 기세는 더욱 강해졌다.

"잠깐?! 응! 으으으으으으으으으으응!"

"이미 두 번 정도 갔지?"

"음……."

도발에 넘어가서 표정을 다잡은 밀라 씨.

밀라 씨는 역시 이래야지…….

"난 기절하지 않고 널 보낼 테니까!"

그러더니 또다시 기승위가 되어서…….

"응…… 어때? 성인 여성의 매력을 느끼라고."

빙글빙글 굴리듯이 허리를 움직여 자극했다.

확실히 마구잡이로 몇 번이고 찌르는 것과는 다른 자극이 있어서 이건 이것대로 좋다.

밀라 씨는 그대로 몸을 젖혀 각도를 바꾸며 재주 좋게 내 사타구니로 손을 뻗었다.

"응?!"

"후후. 느껴지지? 구슬도 같이 자극하면."

"이건……."

"후후…… 자, 가라고! 특별히 안에서 마무리해줄게!"

"큭……."

이대로 갈 수도 있을 정도로는 밀라 씨의 자극은 기분 좋았다.

밀라 씨도 득의양양하게 웃고 있어서…….

"이렇게 된 밀라 씨를 보내는 게 가장 즐겁단 말이지."

"어……."

밀라 씨는 불안정하게 몸을 젖히고 있었기에 간단히 위아래를 뒤집을 수 있었다.

그 바람에 한 번 빠져버렸지만…….

"웅!"

그것이 예상치 못한 자극이 되어 밀라 씨에게 틈이 생겨났다.

이대로 삽입해도 그건 그것대로 좋겠지만, 이쪽도 공략을 당해서 여유가 없으니까…….

"이런 건 어때?"

"웅?! 잠깐…… 적어도 넣으라고! 웅!"

목덜미를 핥으며 한 손으로 가슴을, 다른 한 손으로 조금 전까지 내 물건이 들어있던 사타구니를 자극했다.

질 안의 자극은 나중에 아들한테 맡기기로 하고, 지금은 클리토리스다.

"웅! 이 정도로…… 딱히 전혀── 으으웅?!"

귀를 핥자 몸이 펄쩍 뛰었다.

"여기 약하구나."

"히얏…… 거긴…… 안 돼…… 웅."

한순간에 밀라 씨가 흐물흐물 녹아버렸다.

무척 약한 거겠지…….

"그럼, 조금 전에 넣으라고 했으니까 넣을 건데."

"잠깐만! 귀…… 귀는 그만…… 부탁이이이이이이이이이잇?!"

귀를 계속 핥으며 억지로 자세를 바꾸어 삽입한 순간, 밀라 씨가 그 시점에서 한계를 맞이했다.

"아—아—. 린트 군, 보내지도 못했잖아~."

빌레나가 밀라 씨의 유두를 꼬집자 몸이 펄떡 뛰었지만 그 이상 움직일 여유는 없는지 거칠게 숨을 몰아쉴 뿐이었다.

"린트 경의 진심은 역시 굉장하네요."

아오이가 살짝 겁먹으며 그렇게 말했다.

아니, 이건 그저 겁먹은 게 아니구나……. 눈가가 촉촉해서는 자연스럽게 사타구니로 손을 뻗고 있었다.

그때 일을 떠올리고 있을지도 모르겠다.

"슬슬 나도 할까 싶었지만, 오늘은 시케스가 먼저겠군."

바론도 무척 달아오른 표정이기는 하지만 그럼에도 오늘은 시케스에게 양보하겠다는 여유를 보여줬다.

하지만 이미 그런 여유가 사라진 멤버가 있었다.

"린트 군…… 이제 괜찮지?"

녹아내린 표정으로 빌레나가 내게 몸을 기댔다……고 할까 그대로 밀어서 쓰러뜨렸다.

"주인님……."

"어머. 둘이나 간다면 나도…… 그렇지?"

빌레나, 리리, 티에라가 단숨에 다가와서 침대 위가 북적거렸다.

"아……."

아쉬운 듯 아오이가 목소리를 높였지만…….

"포기해라. 저런 상황에 뒤섞일 수 있을 만큼 익숙하진 않겠지."

"그건……."

그런 대화가 귀에 들어왔지만 이미 리리의 가슴 탓에 시야가 가로막혀 있었다.

하반신에도 자극이 들어오고, 유두 쪽도 핥아대고, 이미 뭐가 뭔지 잘 알 수 없을 정도로 시달리고 있었다.

기분은 좋지만 즐길 여유가 사라질 정도의 맹공이었다.

"시케스도 다음 기회에 걸 수밖에 없겠군…… 린트 경이 살아 있다면, 말이다만……."

바론의 불온한 말이 귀에 들어오고 이후의 기억이 없다.

결과적으로 빌레나도 리리도 티에라도 침대에서 자고 있었으니까 뭐, 어떻게든 되었다고 생각해두자.

◇

"내일부터 한동안은 별개 행동일까요."

한동안 휴식해서 회복한 뒤, 루미 씨한테 이것저것 확인을 받거나 아침을 먹거나, 그렇게 좀 진정이 된 참이었다.

리리가 복귀해서 바로 힐이라는 이름의 어마어마한 마법을 영창했기에 다들 평소보다 기운이 넘칠 정도로는 회복했다.

"사룡의 둥지, 공략에 맞추어 준비하는 기간이겠네. 가능한 한 빨리 간다면 좋겠지만……."

"걱정하지 마세요. 저도 **돈가** 경한테 부탁한 도를 가져갔으면 하고, 그 사룡은 틀림없니 저를 느끼고 있을 터. 제가 나타날 때까지는 결계를 깨려고 하진 않겠죠."

아오이의 말 뒤로는, 다음으로 아오이가 다가갔을 때에 강인한 결계를 깨고서라도 나온다는 의도를 느꼈다.

실제로 나도 그런 예감은 있었다.

뭐, 말을 그대로 받아들인다면 타이밍은 이쪽에서 정할 수 있다는 거구나.

"그럼…… 티에라는 엘프의 나라를, 바론과 벨은 신국인가."

"아, 나도 이번에는 티에라 쪽으로 갈까!"

빌레나가 말했다.

"어라. 무슨 일 있어?"

"응―. 어쩐지 말이지? 하지만 린트 군의 수명 이야기를 빨리 하고 싶다는 게 가장 클까!"

아아…….

엘프의 나라가 어느 정도 부흥하지 않고서는 이야기가 진행되지 않는다고 생각하면 그런가.

빌레나가 부흥에 도움이 될지는 일단 제쳐놓고…….

"뭔가 실례되는 생각을 하는 얼굴이야."

"아니야! 으음, 그렇다면 남는 건……."

어떻게든 얼버무리고 이야기를 진행하자.

루미 씨, 밀라 씨, 시케스는 당연히 이곳에 남고, 리리와 아오이인가.

"저도 한 번, 신국으로 갈까요."

"리리도 가는 건가."

"예. 이쪽 일은 그녀가 있다면 괜찮을 테니까요."

회복하고 바로 각지를 돌기 시작한 루미 씨를 말하는 거겠지.

확실히 루미 씨가 있다면 이제까지만큼 리리에게 의지만 할 필요도 없나.

"저는…… 정치에 대해서는 이 나라의 상식을 모르기에, 이번에는 영지 개척을 진행했으면 해요."

"고마워."

아오이는 확실히 문화가 다르니까.

"카르멜 경이나 다른 주변 귀족에게도 제대로 협력을 받는다면 이 영지는 당장 문제는 없겠죠."

"그럼 그렇게 할까."

"아, 하지만 롬 할머니는 찾아두는 편이 나을지도."

"그랬죠……."

"롬 할머니?"

아오이가 의문을 입에 담았다.

"점술사 할머니인데, 실질적으로 감정사라고 해도 될 실력이야. 이 영지에 오는 사람들은 감정을 받아서 어느 정도 적합한 곳으로 돌리자고 생각해서."

"그렇군요. 하지만 이만한 멤버가 있는데도 굳이 찾을 정도라면…… 무시무시한 실력이겠네요."

아오이의 말대로였다.

리리는 뭐든 아는 것 같은 지식량이고, 빌레나는 직감으로 뭐든 해결할 수 있다.

이 두 사람이 있다면 딱히 롬 노파한테 의지하지 않더라도 비숫한 일은 가능하다고 생각하지만…….

"롬 할머니는 특별하니까 말이지—."

"능력의 측면에서도 그렇지만, 왕국 측 사람들한테는 지명도에서도 큰 의미가 있으니까요. 롬 할머니의 감정을 받을 수 있다는 것만으로 이 땅에 사람이 모이겠죠."

"그럴 정도인가."

바론이 놀랐다.

확실히 나조차 소문을 알고 있던 도시전설적인 존재니까…….

"흠……. 흥미가 있네요. 저는 그 롬 할머니를 찾으러 갈까요."

아오이의 의욕을 보여줬다.

"롬 할머니는 점술을 할 때 말고는 변장하고 있다나 봐."

"연령도 남녀도, 때로는 종족조차 바꾸어서 변장한다는 모양이에요."

"세상에……."

너무나도 힌트가 없다.

"다만 거점은 옆에 있는 가자 지방이고, 목격 정보는 올라올 테니까."

"수수한 이야기가 되겠네요."

"하지만 점술을 부탁하고 싶은 사람이 있다면 멋대로 찾아오는 사람이니까, 아오이라면 저쪽에서 와주진 않을까."

"티에라도 아는 사이였나."

"그래. 별의 책에 대해서도 뭔가 알고 있겠지."

"별의 책인가……."

이것도 아오이에게 설명이 필요할까 싶어서 계속하려던 참에…….

"음…… 그건 혹시, 이것일까요?"

"그건……."

아오이가 꺼낸 책에는 확실히, 우리가 가지고 있는 별의 책과 같은 마크가 있었다.

마크가 일치할 뿐, 언어도 화국의 말인지 읽을 수는 없었지만…….

"무사의 책. 도를 다루는 방법에 대해서는 이 책이 가장 뛰어나다고 용족 사이에 전해지는 책이에요."

"역시 갖고 있었나요."

"신기한 책이지만, 이렇게나 모이는 걸까."

바론의 의문은 지당했다.

"서로 끌어당기는 모양, 이네."

티에라가 말했다.

어쩌면 그럴지도 모르겠네.

누가 적었는지도, 목적도 뭣도 알 수 없지만 일단 이렇게 모였다는 것에는 감사해도 될 듯했다.

"뭐, 지금은 생각해봐야 어쩔 수 없지!"

빌레나가 말했다.

빌레나다운 태도였지만, 지금은 그렇게 생각할 수밖에 없으니까.

"그럼 저, 바론, 벨이 신국으로."

"나는 빌레나랑 나라로 돌아갈게."

"리아밀은 일단 티에라와 같이 있는 편이 나을까."

내 말을 듣고 리아밀이 공중에 갑자기 모습을 드러냈다.

"여왕님을 따라가는 건 좋지만, 계약을 잊으면 안 된다고!"

"알고 있어……."

"그럼 됐어."

둥실둥실 티에라 쪽으로 날아가는 리아밀.

계약…… 테임할 때에 나눈 약속은, 매일 밤 반드시 불러내는 것이었다.

요컨대 매일 어울려달라는 귀여운 바람이었다.

"신국으로 연락하는 건, 내가 바론을 불러내면 되겠지."

"이쪽에서 연락하는 건 시간이 걸리겠지만, 매일 불러내도 괜찮도록 정보를 모아두지."

벨과 바론이 말했다.

"엘프의 나라 일은 내가 보고해줄게."

리아밀이 팔짱을 끼며 그렇게 말했다.

쓰다듬어주자 만족스러운 태도를 보여주었다.

"좋―아. 그럼 내일부터 열심히 하자―! 오늘 밤은 벨이랑 바론이면 되겠지?"

"그러네요. 매일 만난다고는 해도 떨어지는 거니까요."

"우리가 정신없이 한 탓에 부족하겠지."

어라……?

"그러네. 아무리 그래도 지나쳤어."

"오늘은 방해 없이 즐기도록 할 테니까 말이다. 주인."

"잠깐만?! 아까 그렇게나 했는데 아직 하는 거야?!"

"그건 린트 경뿐이잖아. 우리는 결국 아무것도 못 했으니까."

"뭐, 이 녀석은 그 다음에 자기 방에서 세 번은 했다만."

"뭐?! 벨이야말로 꼬리까지 써서 만졌을 텐데!"

"이 녀석! 그건 말하지 말라고 했잖아?!"

조금 전까지의 진지한 분위기는 어디로 갔는지, 어느샌가 그런 대화가 되어 있었다.

결국 시키는 대로 바론과 벨과 헤어지기 전에 야한 걸 하게 되었다.

둘 다 만족할 정도로는 했다고 생각해두자…….

◇

"슬슬 주인님께 처음으로 주어질 작위나 훈장도 정해질 때가 됐을 테죠."

다음 날, 리리가 출발 전에 그런 말을 했다.

그러고 보니 그런 이야기도 있었구나……. 너무나도 많은 일이 있었던 탓에 잊고 있었지만, 이 영지도 본래는 그 이야기의 연장선이었단 말이지.

"정말로 되는 거구나…… 귀족."

"왕국 수도에도 가야겠지―. 조만간에."

"뭐, 한동안은 괜찮겠지. 이쪽도 할 일이 산더미다."

벨의 말이 옳았다.

현재 우리 파티는 이 영지와 신국, 그리고 엘프의 나라라는 세 거점의 수장……이라는 건가.

이렇게 생각하니 뭔가 우스운 이야기구나.

할 일이라면…….

신국 사람들의 수명 문제를 해결.

그를 위한 엘프의 나라 부흥.

병행해서 이 영지를 개척……인가.

사룡의 둥지 문제를 해소하고 롬 노파를 확보할 수 있다면, 도시로서 무척 발전할 수 있다는 이미지는 있었다.

뭐, 당연히 그때까지 해야만 하는 자잘한 일들이 있겠지만…….

"어라……?"

혹시 빌레나는 그런 귀찮은 일에 참가하고 싶지 않으니까 티에라 쪽에……?

"냐하하. 그럼 각자 얼른 마치고, 언제든지 린트 군한테 다시 집합할 수 있도록 준비해두자―!"

"후후. 그런 또 봐. 리아밀, 잘 부탁해."

드물게도 긴장한 모습인 리아밀이 끄덕였다.

다음 순간에는 이미, 빌레나도 티에라도 숲으로 사라져서 더는 보이지 않았다.

"자, 우리도 갈까."

길을 탄 바론이 말했다.

"슬슬 나도 나는 방법이든 뭐든 배우는 편이 나을까……?"

진지한 표정으로 그런 말을 하지만, 날 수 있는 게 보통인 파티가 이상하다.

벨도 리리도 스스로 날 수 있으니까 바론은 어쩔 수 없이 길을 타고 있지만…….

"그르아."

"길은 기쁜 모양이니까, 괜찮다고 생각해."

"그런가. 그럼 됐다."

나도 스스로 날 수 있게 되었고, 빌레나랑 티에라도 잘은 모르겠지만 공중에서 이동할 수 있으니까.

바론은 앞으로도 용기사로서 활약해달라고 하자. 길도 강해졌으니까.

"그럼 주인님, 나중에 봬요."

"나는 바로 돌아올지도 모르겠다만."

벨이 말했다.

확실히 리리가 신국으로 간다면 벨은 과잉 전력이겠지…….

신국은 문제가 없다면 엘프 측의 상황을 기다릴 수밖에 없으니까 바로 돌아올 것 같기도 했다.

"조심히 다녀와."

"그래."

"그르으아아아아아아아아."

길이 포효와 함께 하늘 높이 날아올랐다.

리리와 벨도 그것을 뒤따르는 형태로 하늘로 사라졌다.

"결국 아오이랑 나뿐인가."

"폐를 끼치게 되었네요."

"아니…… 오히려 내가 폐를 끼칠 것 같은데……."

뭐, 엄밀하게는 아오이가 아니라 루미 씨한테 그럴 테지만.

"뭐, 일단은 롬 할머니를 찾아야겠지."

"그렇군요. 하지만 린트 경은 바쁘겠죠. 일단은 제가 돌아볼 게요."

"얼굴도 모르는데 괜찮겠어?"

"이야기를 듣기로는 그만큼 대단한 분이라면 알아차릴 수 있지 않을까요……."

아오이가 눈을 그야말로 번쩍였다.

눈만을 정령화한 것 같은 상태인가. 재주도 좋네.

"혹시 무슨 일이 있다면, 지금의 린트 경이라면 저를 불러낼 수 있겠죠."

"그런가?"

"정령 빙의로 몸을 겹쳤으니……."

살짝 수줍어하며 아오이가 말했다.

뭔가 그렇게 말하니 야한 일을 한 것 같네…….

"어, 어쨌든! 무슨 일이 있다면 불러내 주세요! 저는 주변의 상황을 본다는 의미에서라도 일단 날아올 테니!"

"그래, 조심히 다녀와."

"예—!"

자기 말에 수줍어서는, 더는 못 참고 아오이는 그대로 날아갔다.

"자…… 이걸로 혼자인가."

"린트 씨, 이제 한동안은 제대로 영지 일을 할 수 있겠네요?"

"으윽……."

서류 확인, 힘들단 말이지…….

표정을 읽었는지 루미 씨가 이렇게 말했다.

"하아……. 시간이 있다면 서류랑 굳이 씨름할 필요 없어요."

"어? 그래?"

"예. 평소에는 시간이 없는 상황에서 한 번에 어디서든 확인할 수 있도록 준비하는 것뿐이고, 이번에는 한동안 이쪽에 있으니까 제가 직접 전달하거나 경우에 따라서는 이야기를 듣게 되겠죠."

"이야기, 인가."

"그건 익숙해지도록 해요. 그보다, 언제까지나 제가 대리여서는 이상하잖아요!"

"그건 그걸로 괜찮다고 생각하는데……."

루미 씨는 카르멜 가라는 영주의 딸이고, 그를 위한 공부도 어느 정도는 했다.

나 같은 것보다 영지 운영에 대해서는 훨씬 잘 알 테지.

"뭐…… 이미 어느 정도는 포기했지만, 그래도 린트 씨가 대응해야만 하는 일은 얼마든지 나오니까요. 이번에는 조금이라도 익숙해지세요."

"아주 조금, 쿠엘의 기분을 알 것 같아."

"마스터도 조금 더 일한다고요? 계속 길드에 있으니까."

"진짜냐……."

"린트 씨, 어차피 마스터니까, 그렇게 생각했나요……."

아니…….

뭐, 역시나 아무것도 안 한다고 생각하지는 않지만, 쿠엘이야말로 중요한 일 말고는 전부 맡겨버리지 않을까 생각하고 있었다.

적당한 말로 뻔들뻔들 넘긴다는 이미지가 너무나도 강하다.

"무슨 생각인지는 모르겠지만…… 일단 일은 할 수 있다고요. 저렇게 보여도."

"이미지가 이어지지를 않네……."

"지금도 일단은 저 없이 돌아가고 있으니까요. 물론 다른 직원은 있지만."

"그렇구나……."

뭔가 그렇게 생각하니…….

"조금은, 제대로 해야겠다고 생각했어."

"후후……. 뭐, 린트 씨는 이제까지처럼, 방침만 제대로 정해주시면 문제없으니까요."

미소로 루미 씨는 그렇게 말하더니…….

"그럼, 바로 린트 씨가 없는 동안에 정해야만 했던 58명 항목에 대해서 들으러 가요."

"어…… 일단 이제까지도 확인을 했는데 아직 그렇게나……?"

"아무래도 린트 씨가 영지로 돌아왔다는 이야기를 들은 사람들도 잔뜩 오고 있으니까요. 얼른 끝내버려요."

도망치고 싶어지는 마음을 어떻게든 억눌렀다.

게다가 루미 씨는 내 의욕을 끌어내기 위해 이렇게 말했다.

"오늘은 아오이 씨랑 시케스 씨 차례지만, 린트 씨가 바란다면 저, 업무 중이라도 조금 **서비스**할 테니까요?"

슬쩍 옷 단추를 풀고 재주도 좋게 유두를 드러냈다.

무심코 손을 뻗을 뻔했지만…….

"예! 이다음은 일을 끝내고 나서 하죠."

그러면서 간단히 가려버렸다.

조금 전까지 그곳에 있었는데도 사라지자, 어떻게든 또 보고
싶어진다.

"빨리 끝낸다면, 말이죠?"

루미 씨의 손바닥 위에서 놀아난다는 것을 알면서도, 그것으로
생긴 의욕을 제대로 발휘해서 어떻게든 갖가지 협의나 서류 처리
를 진행한 것이었다.

"끝났다—!"

"수고했어요, 린트 씨."

루미 씨도 옆에서 계속 같이 해주었으니까 틀림없이 그쪽이 힘
들었을 텐데, 피로가 드러나지 않는 미소로 치하해주었다.

참고로 계속 내가 의욕을 낼 수 있도록 가슴이나 속옷 등을 흘
끗흘끗 보여주거나, 휴식할 때마다 키스를 해주는 등등 무척 참
게 만들어서…….

"루미 씨…… 나 이제…….."

"저도 하고 싶은 마음은 굴뚝같지만…….."

완전히 그럴 생각이었던 나를 간단히 피하더니 어느샌가 근처에 와 있던 시케스를 대신 내밀었다.

"요전에는 슬쩍 앞질러 버렸으니까, 오늘은 우선 시케스 씨와……."

"저는…… 그게……."

어느샌가 돌아와 있던 아오이를 보고 루미 씨가 물러났다.

"끝나고 여력이 있다면 불러주세요. **준비**하고 있을 테니까."

흘끗 옷을 들추어 속옷을 보여주는 루미 씨. 오늘은 정말로 야하다. 평소의 성실한 모습이 살짝 무너지는 부분이 무엇보다 야했다.

"주님…… 혹시 루미 경이 좋으시다면……."

"아니……. 하지만 시케스, 나 이미 꽤나 애가 타서 참을 수 없으니까, 각오해두도록 해."

"그건…… 히얏?!"

이 작업실에는 때마침, 이라고 할까 선잠을 자는 침대가 놓여 있었다.

이미 침실까지 이동하는 것도 참을 수 없을 만큼 잔뜩 애가 탄 나는, 침대로 끌어들인 시케스의 옷을 억지로 벗겨서 가슴을 드러냈다.

주로 리리 탓에 감각이 이상해졌지만, 시케스도 가슴이 없는 것은 아니다. 주무르는 맛이 있어서, 계속 루미 씨가 보여주기만 하고 만지게 해주지는 않았던 울분을 풀듯이 마구 주물렀다.

"응…… 하아…… 주……님……."

키스하며 가슴을 주물렀다.

최근에 알았는데 시케스는 조금 난폭한 정도가 좋은 듯했다.

원동력은 루미 씨가 애를 태운 탓이었지만, 시케스의 취향과는 맞물려서 괜찮았을지도 모르겠네.

"응…… 하아…… 하아……."

시케스도 뺨을 붉히며 준비가 갖추어진 참에…….

"린트 씨, 미안해요, 잊은 게 있어서요."

"어."

시케스가 몸을 확 뗐다.

들어온 루미 씨는 선뜻 이렇게 말하고…….

"여기요."

아오이를 건넸다.

"그럼 이제부터 즐기도록 하세요. 어, 아오이 씨, 한동안 애를 태운 탓에 무척 엄청난 상태가 되어버린 모양이에요."

"루미 경?!"

그렇게만 말하고 루미 씨는 방을 나가 문을 닫았다.

뭘까……. 벗겨진 시케스가 곤혹스러워하고, 아오이는 벗지도 않았는데 시케스보다 얼굴이 새빨갛고, 이래저래 상황에 머리가 따라가지 못하겠는데…….

"할까, 아오이."

"오늘은 그게……."

"알고 있어."

엉덩이는 빼고 하자는 거겠지.

그 모습은 아직 다른 멤버한테는 몰래 즐기고 싶으니까.

그 대신 아오이도 조절을 해줄 거라 믿는다.

"그럼…….."

아오이가 옷을 벗었다.

그것만으로 흥분해버려서…….

"괜찮아요. 먼저 시작하세요."

"……알았어. 시케스."

"주님…… 응."

이미 준비 만반이었던 시케스에게 넣었다.

"아앗! 앗! 아아…… 주……님…… 응!"

평소의 쿨한 모습과의 갭이 귀엽다.

기특하게 응석을 부리듯이 안겨들어 표정으로 키스를 졸랐다.

괴롭히지 말고 바로 응해서…….

"앗…… 언제든지…… 응! 와…… 주세…… 으으으으으으응!"

받아들이겠다고 선언하며 상상했는지 시케스가 한 번 갔다.

"앗! 아앗! 죄송합…… 응! 아아아앗!"

딱히 상관없는데도 나한테 사죄하고, 그 죄책감이 더욱 감도를 높이는 것처럼 느껴질 만큼 시케스의 반응이 좋아졌다.

그러니까 굳이 말로 공세를 추가해봤다.

"먼저 갔나."

"으응! 죄송…… 아앗! 앗! 아아아아아아앗!"

"벌을 겸해서 격렬하게 할 건데, 괜찮겠지?"

"으으으으으으으응!"

그 말만으로 갔을 만큼, 시케스의 마조 기질이 넘쳐나서 귀엽다.

그대로 말했다시피 페이스를 올리고…….

"아앗! 주님…… 응! 으으으으으으응!"

"간다."

"응! 아앗! 아아아아아아아아아!"

몇 번째인지 모를 절정과 함께, 시케스의 질 내에서 마쳤다.

"하아…… 하아…… 주님……."

그렇게만 말하고 시케스는 힘이 다한 듯 쓰러졌다.

"다시금 린트 경이 다른 여자와 하는 것을 보니, 굉장하네요……."

아오이는 누구보다 격렬하게 원하면서도, 시작할 때까지는 이런 분위기다.

"오늘은 서로 적당히 조절하면 되겠지?"

"으으…… 그건 잊어주세요……. 생각해 보세요. 제가 대체 몇 년, 저런 행위를 멀리했는지."

"아―……."

처음이었지만 살아있는 세월은 전혀 다른 것이다.

"혼자서 그게…… 위로할 기회야 있지만……."

머뭇머뭇 아오이가 말했다.

어떤 의미로 계속 애를 태우며 보냈다는 이야기구나…….

남자와 하는 것은 그저 상상만 했다는 거니까.

"으으……. 어쨌든! 오늘은 그게, 그런 짐승 같은 형태가 아니라……."

"알고 있어."

다정하게 키스를 하고, 그대로 끌어안고서 아오이를 눕혔다.

"응…… 푸하…… 이건 이것대로, 좋네요."

다정한 키스. 오늘의 아오이는 혀도 인간의 것이었다.

이건 이것대로 좋다는 건 나도 마찬가지였다.

"넣을게."

"갑작스럽네요."

그러면서 웃지만, 이미 준비가 되어 있는 것은 알고 있었다.

내가 시케스와 하는 동안에 혼자서 하고 있었으니까.

"응…… 들어와…… 아앗!"

"진심이 아니라도 이 정도인가."

"왜 그러나요?"

자각은 없는 모양이지만, 지난번과 마찬가지로 감겨드는 듯한 감촉에 이것저것 빼앗길 뻔했다.

"기분 좋다는 거야."

"그건…… 저도 그래요…… 응!"

지난번처럼 격렬하게 하는 것만을 원하지는 않는다는 사실은, 반응을 보면 알 수 있었다.

다정하게 끌어안고, 키스를 하고…….

"으응…… 하아…… 응. 아아아아!"

아오이의 흥분이 높아지고, 그저 숨소리였던 것이 완전히 신음으로 바뀌었다.

그럼에도 지난번처럼 놓치지 않겠노라 강하게 끌어안지도 않고…….

"린트 경……."

녹아내린 표정으로 키스를 졸랐다.

"응…… 푸하…… 하아…… 응! 으으응!"

계속 키스를 하며 허리를 움직이고, 가볍게 간 아오이가 더더욱 원했다.

힘은 여전히 부드럽게, 그러면서도 격렬하게 원하는 것을 알아서…….

"페이스 올릴 테니까."

"예…… 응! 아앗!"

움직임이 강해지자 매달리듯이 안겨들었다.

너무 강하지 않고, 스스로 짜내려고 하지는 않고, 그럼에도 몸을 밀착시켜서 가능한 한 많이 나를 느끼려 해주는, 그런 섹스였다.

"린트…… 경!"

"응……."

"응! 아아아아아아아아아앗!"

왈칵왈칵, 질 안에서 마쳤다.

"하아…… 하아…….."

"좋았어요."

온화한 미소로 만족스럽게 아오이가 웃었다.

나도 좋았다.

매번 저래서야 몸이 못 버틴다.

게다가…….

"오늘의 아오이는 이건 이것대로, 귀여워서 좋았어."

"응…… 부끄러워요."

키스를 했더니 그렇게 말하고 응석을 부리듯 몸을 기대는 것이었다.

◇

결국 시케스와 아오이는 그대로 잠에 빠졌다.

나도 물론 만족은 했고, 그대로 잠이 들어도 괜찮을 정도였지만…….

"후후. 린트 씨, 여력은 있나요?"

"그런 복장으로 온다면 여력이 없어도 팔팔해져 버리니까."

루미 씨가 입고 온 옷은 밀라 씨나 바론이 자주 입는 방어력 제로의 천이었다.

솔직히 이것을 기대했으니까 여력을 남긴 부분도 있지만, 그 기대를 갑자기 뛰어넘었다.

"후후. 잘 됐네요."

간신히 유두가 가려질 뿐, 루미 씨의 아름다운 가슴은 거의 드러나 있었다.

치마도 너무 짧아서 아무런 의미도 없고, 사타구니는 속옷 너머로도 무척 잘 알 수 있을 만큼 젖어 있었다.

"두 분, 조금 빨랐네요."

"루미 씨가 애를 태운 만큼, 내가 빨랐을지도 모르겠어."

그것도 전부 낮에 루미 씨한테 도발을 당했으니까…….

어라……?

"다행이에요. 이랬는데 두 사람한테 짜여버렸다면 저, 참을 자신이 없었으니까."

그러면서 바로 안겨들며 키스를 했다.

이것이 루미 씨의 작전이었다면 무서운 사람이다……. 아니, 지금은 그럴 여유가 없다.

"응…… 하아…….”

키스를 하며 내 사타구니를 다정하게 터치했다.

"더 이상 저…… 못 참아요."

"응…….”

선 채로 정면으로 보고 한계를 호소하는 루미 씨.

옷도 옷이니까 이대로 하자.

"어.”

다리를 들어 올렸더니 한순간 당황했지만 금세 그런 생각도 사라졌다.

"응! 아앗!”

다리를 들어 올린 것만으로 속옷은 멋대로 치워졌으니까 삽입했다.

"앗…… 이 자세…… 평소와 달라서…… 으으응!”

닿은 장소가 좋은지 그것만으로 가볍게 간 루미 씨를 보고 더욱 흥분했다.

"응! 아앗! 격렬해…… 응!”

"애태웠으니까."

"그러니까…… 응! 두 분이랑 한 다음에 왔는데도…… 아아아 아앗!"

"그런 생각을 했나."

허리를 움직이면서도 루미 씨를 추궁했다.

"아앗! 응! 아아앗! 그게…… 응! 린트 씨가 진심이라면 저…… 아앗! 망가져버려어어어어어엇!"

"그런 거 걱정 안 해도 제대로 조절할 텐데."

"신용 못 하니까요?! 응! 저런 멤버랑…… 지금도 두 사람이나 상대하고서 금세 이렇게앗! 아아아아아!"

"애를 태운 게 잘못이야."

"그치만! 응! 일도…… 아아앗!"

이미 대화는 성립되지 않지만 그래도 괜찮다.

대화를 나누려다 신음소리에 지워지는 루미 씨가 귀엽고, 루미 씨도 딱히 진심이 아니라는 건 알 수 있었다.

진심이 아니라기보다 굳이 도발을 걸어서, 격렬하게 당하는 것을 원한다는 게 전해졌다.

"앗! 아아앗!"

"오늘은 이대로 갈 거지만…… 다음에는 처음부터 루미 씨랑 할 거니까, 각오해둬."

"세상에! 응! 아아앗! 무리…… 망가져…… 으으으응!"

상상하고 간 것 같은 루미 씨를 더욱 몰아붙이듯이 페이스를 올렸다.

"응! 아아앗! 아아아앗! 이제…… 린트 씨 이제……! 응!"

"갈게."

"예……! 앗! 아아아아아아아아아아아아."

동시에 한계를 맞이한 우리는 흐물흐물 그대로 쓰러졌다.

"하아…… 하아…… 밀라 씨한테, 혼나겠어요."

"그때는 밀라 씨한테 사과해야겠네."

"린트 씨…… 너무 기운이, 넘쳐요."

그러고는 그대로 루미 씨는 잠이 들었다.

이래저래 한계였을 테지.

"항상 고마워."

그렇게만 말하고, 세 사람에게 이불을 덮어주고 방을 나왔다.

어째선지 의욕이 넘치니까, 조금만 나라도 알 수 있는 서류 작업을 추가로 진행해서 루미 씨가 깼을 때 놀라게 만든 것이었다.

"자, 드디어구나."

그 후로 한동안 영지에서 지냈다.

루미 씨한테 도움을 받으며 어떻게든 다양한 사람들과의 인사나 서류 처리 따위를 마치고, 그때마다 포상을 받는 나날.

한동안은 아오이 외에는 저택에 있는 멤버라서 신선했다……뭐, 지금은 그건 됐고.

"이제 괜찮겠어?"

엘프의 나라에서 돌아온 티에라에게 물었다.

"그래. 이모탈 준비를 하는 것뿐이라면 이 정도로 충분해."

"냐하하. 이런 말을 하고 있지만 티에라 꽤나 열심히 했으니까. 린트 군을 위해서."

"잠깐, 빌레나……."

티에라가 빌레나를 노려봤다.

뭐, 리아밀한테 그 이야기는 거의 매일 들었으니까 알고는 있었지만, 굳이 말을 꺼내면 그렇게 되겠지…….

노려보면서도 뺨을 붉히고 있는 것이 귀엽다.

"어쨌든, 이제 괜찮아. 그보다 이쪽은 좀 어땠어?"

"어—…… 나는 매일 저택에 있고, 일단 아무 일도 없었다……고 생각해."

솔직히 시키는 대로 작업을 진행했으니까 알 수 없는 것도 있었다.

뭐, 순조롭게 숲이었던 장소에 건물이 세워졌고, 사람도 늘어난 것은 괜찮았다고 생각하자.

밖의 상황을 아는 것은 굳이 따지자면 아오이겠지.

"저는 주변을 산책했는데…… 롬 할머니라는 인물은 결국 만나지 못해서……."

"냐하하. 뭐, 롬 할머니인걸."

"면목이 없어요."

아오이는 책임을 느끼고 있지만 어쩔 수 없다고 생각한다.

롬 노파는 이러니저러니 잔뜩 이야기를 하고 있지만 실제로 만난 것은 한 번뿐이다.

근처에 없을 가능성도 있고.

"그럼 일단은 이모탈에 맞춰서 움직이면 되겠네. 바론 쪽도 불러내면 되지 않을까?"

"그러네. 저쪽 상황은 별로 확인하지 않았으니까."

매일 리아밀을 불러내어 보고를 받은 엘프의 나라 팀과 달리, 신국 팀을 한 번 불러내면 귀찮다고 생각해서 접촉하지 않았다.

저쪽 멤버도 바론, 벨, 리리.

최고 전력인 벨과 죽어도 되살릴 수 있는 리리가 있는 이상, 딱히 큰 문제가 발생하지는 않는다고 생각했다는 이유도 있다.

바론이 있다면 두 사람의 파워로 터무니없는 일을 하려고 해도 스토퍼가 되어주겠지. 벨은 상식적인 것 같으면서 가끔씩 망가지니까 말이지…….

"일단 벨부터 불러내는 편이 나을까……?"

내가 벨을 불러내고 문제가 없는지 확인한 다음에 바론을 부르면, 만에 하나의 경우 바론이 벨을 다시 불러들일 수 있을 터.

"딱히 누가 먼저든 불러낼 수 있을 텐데—."

"뭐, 그건 그렇지만."

바론이 어느샌가 벨 소환이 가능해진 것도 놀랐지만, 벨이 무엇을 할 수 있는지 전모를 알 수가 없다. 아마도 할 수 있을 테지만…….

"뭐, 일단 벨을 부르자."

【몬스터 소환】은 이어져 있는 상대—— 내 경우에는 사역마를 부르는 것으로 성립된다.

부름에 응할지 말지는 상대 마음. 파워 밸런스에 따라서는 강제적으로 불러낼 수도 있지만, 내 경우는 상대에 따라서는 **강제적으로만** 불러낼 수 있다.

구체적으로는 바론이지만…… 바론을 부르면 나도 컨트롤하지 못해서 어떤 상황에도 강제 소환이 된다는, 제대로 쓸 수가 없는 상황이다.

현재로서는 그렇게나 곤란하지는 않지만.

"그럼……."

의식을 집중시켜 벨을 불렀다.

벨이 상대라면, 벨 쪽이 컨트롤해 주니까 강제 발동이 되지는 않지만, 바로 부름에 응하는 반응이 있었다.

공중에 게이트 같은 공간의 균열이 발생하고 벨이 나타났다.

"나만 불러냈나."

"바론부터 불러도 되겠지만, 벨 쪽이 이래저래 조정할 수 있을까 싶어서."

"현명하군. 하지만 현재 아무 일도 없다고."

오랜만에 본 벨인데 담담하구나.

아니, 이건 아닌데…….

"에잇."

빌레나가 천천히 벨의 꼬리를 붙잡았다.

"햐웃?!"

"냐하하. 귀여워—!"

"이 녀석, 그만두지 못하겠느냐! 지금은 쌓여 있어서 민감—— 아니야! 그게 아니…… 히얏! 으응!"

빌레나에게 장난감 취급을 당하기 시작한 벨을 제쳐놓고 티에라가 말했다.

"고작 며칠이라도 쌓이는 거구나."

"티에라도 매일 스스로 했잖아."

"아니, 빌레나?!"

얼굴을 새빨갛게 물들이고 티에라도 빌레나 쪽으로 섞이러 가 버렸다.

"주인! 어떻게든 해라! 큭…… 이렇게 되면…….."

벨의 주위에 어둠 마법 특유의 검은 오라가 펼쳐지는가 싶더니…….

"음?!"

바로 옆에 바론이 모습을 드러냈다.

벨이 강제 소환했을 테지. 바론은 준비를 갖출 여유도 없었는지 거의 알몸수준의 속옷 차림이었다.

"어라? 바론도 할 생각이었어?"

"아니?! 린트 경! 끝내 저질렀나?!"

"아니, 이번에는 벨이니까 난 무죄야!"

가슴께를 가리며 노려보는 바론의 모습에 흥분하지 않았느냐고 묻는다면 그야 했지만 그건 다른 문제다.

"벨?!"

"어쩔 수 없잖아! 이 녀석들, 그렇게라도 안 하면 멈추질 않겠지!"

"날 뭐라고 생각하고── 응?!"

"벗고 있다면 이야기는 빠르지."

"그러려고 벗은 게…… 린트 경!"

또다시 노려봤지만 눈물을 글썽이는 탓에 귀엽기만 했다.

그보다도 바론을 불러낸 참에 벨이 풀려난 것은 아니었다.

"아, 벨. 두 사람이 없어졌다면 리리는 바로 오겠네?"

"응! 지금은 그럴 때가……."

꼬리를 문지르는 빌레나 탓에 흐물흐물해진 벨에게 굳이 물었다.

"그 녀석이라면…… 햐앗…… 바로 오겠지…… 그보다! 애당초 이 녀석들이 왔다면 먼저 전할 수단은 얼마든지 있었을 텐데! 으으응?!"

필사적으로 불평하는 벨도 결국 지금의 표정으로는 압박이고 뭐고 없었다.

뭐, 벨의 말은 지당하겠지.

두 사람이 오는 걸 알았다면 먼저 연락했을 테지만…….

"리아밀한테 슬슬 때가 되었다고는 들었지만, 정령의 슬슬이라는 게 언제인지 알 수가 없으니까 말이지."

최악의 경우에는 십 년 이상이라도 슬슬이라고 그럴 것 같다.

설마 전조도 없이 올 줄은 몰랐던 것이다.

"실례네. 나도 이미 꽤나 네 감각에 맞추고 있어."

리아밀이 갑자기 나타나서 말했다.

"그보다도 이런 대낮부터 할 거야……? 너 어제도 나랑 했는데……."

"린트 경?! 어제는 저하고도 했을 텐데요?!"

아오이가 책망하는 말투가 아니라 믿을 수 없는 것을 보는 눈빛을 보냈다.

확실히 체력은 꽤나 아슬아슬했다.

"꽤 하는데. 린트 군."

"이건 기대되네."

빌레나와 티에라도 완전히 그럴 생각이었다.

그런 두 사람에게 시달리는 벨과 바론은 물론, 보고 있던 아오이와 리아밀도 표정으로 호소했다.

"마침 괜찮지 않나? 리리가 올 때까지."

그러면서 빌레나는 호쾌하게 옷을 벗고, 가슴이 크게 출렁이며 풀려나듯 해방되었다.

"……이대로 시작하면 리리가 도착해서 또 짜일 것 같은데……."

"리리가 오면 회복해줄 테니까 괜찮지 않을까?"

"무슨 남 일이라고……."

티에라도 아름다운 몸을 아낌없이 드러냈다.

벨과 바론도 이미 거의 알몸이고…….

"린트 경……."

사타구니를 더듬으며 녹아내린 표정으로 아오이도 다가왔다.

리아밀을 봤더니…….

"나만 안 할 리야, 없겠지?"

그러면서 평소처럼 몸을 크게 만들었다. 커졌다고 해도 자그마한 체구이지만, 일단 **그런 행위**가 가능한 사이즈였다.

"어쩔 수 없나……."

"말은 그러면서 의욕이 가득하잖아~."

"역시 서방님이네."

우선은 빌레나와 티에라가 다가와서 옷 위로 사타구니에 자극을 가했다.

동시에 귓가로 얼굴을 가져다 대고 양 사이드에서…….

"응?!"

"후후…… 후우―."

"어떨까? 서방님."

찔걱찔걱 소리를 내며 양쪽 귀를 동시에 공략했다.

귀만이 아니라 제대로 유두랑 사타구니에도 자극을 가했다.

"저는 배웠기에…… 오늘은 먼저 실례할게요."

"응?!"

귀를 공략하던 빌레나와 티에라에게 정신이 팔린 상태였었는데, 이미 벗겨져서 드러난 내 물건이 갑자기 따뜻한 감촉으로 뒤덮였다.

밑을 봤더니 아오이가 입에 물면서 나를 올려다보고 있었다.

"응…… 쪼옥…… 커요……."

촉촉하게 젖은 눈빛으로, 자신의 사타구니에도 손을 뻗으며 자극을 가했다.

"큭…… 늦어버렸나……."

벨이 뒤늦게 다가왔지만 역시나 섞이지는 못하는 상태였다.

그보다도 이거……. 이대로 입으로 갔다가는 못 버틴다고…….

"응…… 우선 아오이부터……."

"앗……."

"후후. 린트 군이 한 번 간다면 교대니까."

"얼른 순서를 돌릴 수밖에 없겠네."

이상한 규칙이 더해진 탓에 아오이의 허리를 붙잡고 선 채로 뒤에서 삽입했는데, 내 쪽을 공략하는 손길이 멈추지 않았다.

"큭……."

"하아…… 응…… 괜찮아요…… 격렬하게…… 아아아앗!"

이쪽도 여유가 없는 것을 간파하고 아오이가 말을 건네어 주었기에 페이스를 올렸다.

내가 간다면 교대이지만, 아오이가 만족해도 교대할 수는 있을 터…… 그렇다고 할까, 그러는 편이 낫겠지.

리리가 언제 올지도 모르는데 전원과 갈 때까지 했다가는 몸이 못 버틴다.

그렇다면…….

"벨. 제안할 게 있어."

"호오?"

"내가 안 가도 아오이가 간다면 교대할게."

"알겠다."

빌레나와 티에라보다는 이야기가 통하는 벨에게 전하자, 금세 벨이 아오이 정면으로 가서 키스를 했다.

"응?! 으으응."

"후후…… 쪽…… 응…… 의외로 괜찮지? 입을 유린당하듯이 공략당하는 것도."

"응! 하아…… 응! 여유가…… 더는 없어요…… 아아앗!"

벨의 생각대로 아오이가 느끼지만, 역시나 이제껏 이만한 멤버들에게 둘러싸여 있던 아오이도 만만치 않았다.

"후후…… 어떠냐? 이대로 갈 수—— 으으으으응?!"

"벨 경을 보낸다면 그만큼 제 시간이 늘어난다고 이해하면 될까요?"

어느샌가 벨의 꼬리를 붙잡고 있던 아오이가 반격에 나섰다.

"잠깐…… 꼬리는 비겁—— 히얏…… 으응!"

"응…… 쪼옥…… 후후…… 이대로…… 으으으으으응!"

두 사람이 키스를 나누며 서로를 공략했다.

그런 모습을 보여주니 내가 참을 수 있을 리도 없어서…….

"잠깐…… 린트 경…… 아웅! 아직…… 아아아아아아아아아."

"흐흥. 삽입한 상태로 덤비다니 만 년은 일러."

"다음은 벨이라고."

"어…… 으으으으응! 너무 갑자기…… 아아아아아!"

아오이가 스스로 떨어져서 쉬는 것을 확인하고 바로, 정면에 남아 있던 벨이 한쪽 다리를 들어 올리고 넣었다.

"응! 아앗! 잠깐…… 조금 전까지 그걸로 이미…….."

"호오? 그럼 한 번만 더 몰아붙이면 된다는 건가."

"바론?! 너…… 으으으으응?!"

"후후……. 혼자서 하는 건 몇 번이나 봤지. 어디가 약한지도 대략 안다."

"큭…….."

벨은 알기 쉽게 꼬리가 약점이기는 하지만, 바론은 내가 정면으로 삽입한 벨의 등 뒤에 서더니 뒤쪽에서 클리토리스를 노리고 자극을 시작했다.

"아앗! 잠깐…… 거긴…… 으으으으으응!"

"좋아. 이 상태로…….."

"너…… 하아…… 하아…… 나한테 덤볐다는 건, 각오는 되었다는 거로군?"

"응?"

삽입당한 상태에서도 벨이 반격…… 조금 전에도 이 흐름 봤는데.

"둘 다 해버리면 된다는 거지?"

"그러네. 리아밀, 같이 공략할까."

"여왕님이랑?!"

"잠깐만…… 너희가 참가하는 건 치사…… 으으응?!"

결국 빌레나와 티에라도, 그리고 티에라의 권유로 리아밀도 참전해서 엉망진창이 되면서도, 어떻게든 전원의 상대를 마치고…….

"어머어머……. 굉장하네요."

"아무 말도 없이 벗지 마."

"하지만 이미 이런 걸 봤는데 참을 수 있을 리가 없겠죠?"

내게 회복 마법을 걸면서 옷을 벗고 다가왔다.

말 그대로 한순간에 축축해진 것은 확인할 수 있었다.

결국 리리가 온 다음에 다시 한번 모두를 상대하게 되어, 그대로 침실에 쓰러지듯이 다 같이 잠이 든 것이었다.

◇

"뭔가 굉장하네."

모두가 모인 다음 날, 티에라 쪽이 준비를 마쳤다는 엘프의 나라 한편에 와 있었다.

"냐하하─. 제단!"

빌레나의 말대로, 준비된 공간은 이제부터 무슨 일이 시작되는구나 싶을 만큼 호화롭게 장식된 의문의 도구가 대량으로 놓인 단상이 준비되어 있었다.

숲속이라서 그렇기도 하겠지만, 제단 중앙은 한층 더 큰 나무로 되어 있었다.

"새로운 신목……?"

"응—…… 그렇게 된다면 좋겠지만, 한동안은 오히려 이곳에 우리가 있으면서 나무를 키워야 해."

원래 신목이 있던 장소…… 최종적으로는 그랜드 엘프와 일체화한 저 장소와, 티에라 일행이 거점으로 삼은 장소는 달랐다.

같은 숲속이라고 할까 이 부근 일대는 모두 숲이니까, 이전까지의 나라면 다다르지 못했을 가능성이 있다.

이제는 숲을 걷는 방법도 깨달았고, 리아밀과의 인연 덕분인지 숲속에서는 감각적으로 걸어도 어느 정도 목적지에 다다를 수 있게 되었다.

반대로 말하면 보통은 찾을 수 없는 비경이라는 의미다.

"숲이란 성장하는 곳이구나."

"우리가 가까이 있다면 이 땅에 마력이 순환하지. 우리도 그 마력으로 생활해……. 본래 엘프는 그렇게 숲과 공생하는 거야."

"그런가……."

어쩐지 엘프는 숲의 힘을 일방적으로 빌리고 있다는 이미지였다.

하지만 그런 부분도 티에라의 생각과 장로들의 생각 차이 중 하나였을지도 모르겠네.

"뭐, 그건 그렇고 얼른 해버리자—!"

더는 못 기다리겠는지 빌레나가 재촉했다.

어쩔 수 없다는 미소를 지으며 리리가 정리하는 모양새로 이야기를 꺼냈다.

"주인님과 바론에게 티에라가 비술을 거는 것뿐이라면 그것뿐이지만, 숲의 마력의 흐름을 제대로 유도해서 이용해야만 해요."

"난 뭔가 하는 편이 나을까?"

바론이 긴장한 표정으로 물었다.

나도 들어둬야겠지.

"가만히 있으면 괜찮아요. 다만…… 티에라와, 티에라가 부르는 정령들에게 몸을 맡길 필요는 있겠네요."

"알았다."

"난 평소 그대로라면 평소 그대로인가."

"그러네요."

상대에게 몸을 맡기거나 상대를 신뢰한다는 것은 정령 빙의로 잔뜩 경험했다.

빌레나도 리리도 아무 말도 안 한다는 건, 그건 문제가 없겠지.

"티에라한테 부담이 걸린다든지 그래?"

"그러네. 조금 지치겠지만, 내 마력으로는 어디까지나 이 숲에 흐르는 마력과 정령들의 힘을 빌려서 받을 뿐이니까 그렇게까지 걱정할 것 없어."

티에라가 웃었다.

"오히려 문제는 숲의 마력이 과연 충분할지인데, 린트 군 마침 괜찮은 걸 갖고 있네."

"어?"

당황하는 내게 티에라가 말했다.

"최고 장로—— 그랜드 엘프의 마력핵에 담긴 에너지를 이용하려고 해."

"아—!"

숲의 마력을 고갈시킬 정도로 빨아들인 장로들의 마력에 더해, 신목과 일체화하며 태어난 그랜드 엘프.

그의 마력핵이라면 막대한 에너지를 가지고 있겠지.

"이건가."

수납 주머니에서 꺼내어 티에라에게 건넸다.

"그래."

티에라가 받아들자 핵은 저절로 공중으로 떠오르고 빛을 발하기 시작했다.

"벌써 시작인가."

"음……."

바론은 여전히 긴장하고 있었지만 다짜고짜 몸이 빛으로 뒤덮였다.

나도 마찬가지이고, 한동안 그런 느낌으로 티에라가 눈을 감고 손을 맞잡고서 기도를 바치는 것 같더니…….

"끝난 모양이야."

화악, 빛이 터졌다.

조금 전까지 공중에 떠 있던 마력핵과 함께 빛이 흩어지며 사라지고…….

"어때어때?!"

빌레나가 불쑥 다가와서 냄새를 맡았지만…….

"아니…… 딱히 뭔가 변한 감각은 없다고 할까…… 적어도 냄새는 달라지지 않았을 거야."

"앗."

빌레나가 황급히 몸을 뗐다.

야한 일은 저항감이 없는데 이런 쪽의 이른바 짐승 같은 움직임은 부끄러워한다. 뭐, 그만큼 파티 멤버에게도 마음을 열고 있다는 이야기겠지.

"나도 실감은 아직 그다지 없다만…… 그래도 뭔가, 신기하게도 이 공간이 편안해진 것 같기는 하군."

"정령이 동료가 된 것 같은 일이니까요."

"정령이…….'

"너는 원래 정령과도 상성은 나쁘지 않으니까 말이다."

벨이 말했다.

"그런가? 다크 엘프는 뭔가 그런 쪽으로 엘프와 반대되는 요소라도 있는가 싶었어."

실제로 어둠 마법의 사용자고, 정령 마법이 정반대라고 하진 않겠지만 계통은 떨어져 있는 듯 여겨졌다.

"다크 엘프는 딱히 엘프의 반대가 아니니까. 오히려 가까운 요소도 많이 있어. 엘프와 다른 건 집단으로서의 행동이 없는 정도겠지."

"애당초 나도 바론 말고 다른 다크 엘프는 본 적 없는걸."

"빌레나도 그래?"

인간, 천사, 수인, 엘프, 악마, 용이라는 멤버 가운데서는 그다지 눈에 띄지 않지만, 어쩌면 가장 레어하다든지 그럴지도.

이 화제는 딱히 계속할 생각이 있는 멤버가 없는 모양이라, 그걸 보고 있던 아오이가 내게 이런 질문을 했다.

"린트 경⋯⋯. 바뀐 게 없다고 그랬지만, 힘은 늘어난 게 아닌가요?"

"어⋯⋯?"

그 말에 조금 집중해봤더니⋯⋯.

"오⋯⋯."

몸에 흐르는 힘의 질이 무언가, 변한 것 같은 감각이 있었다.

"정령들이 친해지기 쉬워졌다⋯⋯는 참일까."

티에라의 말을 들었는지 리아밀이 모습을 드러냈다.

그리고는 어째선지 나를 노려봤다.

"너⋯⋯."

"왜 기분이 나쁜 거야."

"이렇게나 정령을 잔뜩 거느리다가는 조만간에 나 같은 것도 나올 거 아냐! 정령을 몇이나 거느릴 생각이야?!"

"거느릴 생각은 없어⋯⋯."

"그런 이야기라면 린트 경은 이미 새삼스럽기도 하니까."

"그건⋯⋯ 확실히⋯⋯."

바론의 말에 리아밀이 떨떠름한 태도로 납득했다.

아니⋯⋯ 뭔가 내가 좀 납득이 안 가는 느낌도 들지만⋯⋯ 뭐, 됐나.

리아밀은 나를 빤히 노려보고는 있지만 조금 전 만큼 분노가 느껴지지는 않으니까.

"이것으로 두 분 모두 죽지 않게 되었다는 거로군요?"

"그렇지—. 시험해볼래?"

"그만해! 주저 없이 주먹을 쥐지 마! 네 주먹은 흉기잖아."

바론이 진심으로 겁을 먹었다.

아니, 빌레나가 꽤나 진심이었단 말이지……. 딱히 바론만 그런 게 아니라 날 상대로도…….

"뭐, 지금 이 자리에서 죽여도 죽지 않는 정도로는 이제까지와 다를 바도 없으니까 시험해 볼 필요는 없겠죠."

"아, 그런가."

리리가 무서운 말로 빌레나를 막아주었다.

하는 말 자체는 평소 그대로지만 둘 다 이래저래 무섭다…….

"여하튼 이것으로 주인은 쉽사리 죽지 않게 된 것도 사실이고, 수명이라는 개념에서 해방되었다는 게 크겠지."

"든든하네요."

실감은 없지만 그렇다나 보다.

바론도 잘 모르겠다는 표정을 지으면서도…….

"뭐……. 우리가 따라가지 못하는 일은 지금 시작된 것도 아니지."

그러면서 웃음을 던졌다.

"확실히……."

처음으로 수도에 갔을 때, 빌레나에게 권유를 받은 이후로 계속, 나는 따라가는 것만으로도 버거울 만큼 격동의 모험가 인생을 걸고 있다.

그렇게 생각하면 그리 다르지 않겠지.

"좋─아. 그럼 린트 군도 죽지 않게 되었고 바론도 강해졌다면, 할까?"

"허?!"

갑작스러운 빌레나의 발언.

아무리 그래도 어떨까 싶었는데, 리리와 티에라의 얼굴을 보고 확신했다.

"처음부터 그럴 생각이었어?!"

"후후……. 이 장소는 결계로 봉쇄했어."

"제단도 반쯤은 그러려는 거니까─."

"어?!"

"숲속이라는 조건은 필요했지만 뭐, 그렇겠죠."

너무나도 황당무계했다.

"그럼 우선은 바론이 몇 번 갈 수 있게 되었는지 시험해볼까─."

"잠깐만?! 죽지 않게 되었다고 해도 그런 건 변할 리가 없──아니, 벗기지 말고?!"

"벨이랑 아오이도, 괜찮죠?"

"……도망칠 수 있겠나? 여기서."

"전 무리예요."

"리아밀도 또 함께구나."

"어…… 그게…… 여왕님?"

빌레나, 리리, 티에라의 황당무계한 태도에 휘둘리는 것은 나만이 아닌 모양이다.

"후후. 그럼, 잘 먹겠습니다—."

빌레나가 나를 덮치고, 결국 파티 멤버 전원을 또다시 상대하게 된 것이었다.

◇

"린트 군, 역시 강해졌구나."

한바탕 모두 한 뒤, 빌레나가 말했다.

"그런가……? 아니, 그런가……."

냉정하게 생각해서 파티 전원을 두 바퀴…….

리리의 회복 마법이 있었다고는 해도, 이렇게까지 하고서 평범하게 대화를 나눌 수 있을 정도로 버틴 것은 확실히…….

"너, 강함의 기준 그걸로 괜찮은 거야?"

리아밀이 또 빤히 노려봤다.

이미 정령 사이즈로 돌아갔으니까 근처에서 둥실둥실 떠다니다가 어깨에 앉으면서 말이다.

"아니……."

다만 뭐, 그랜드 엘프와 싸울 때같이 강함이 필요한 장면은 그만큼 많이 존재해도 곤란한가…….

사룡에게 맞서기 위해서는 생각해야만 하겠지만.

"조만간 밀라라든지도 불사신으로 만드는 편이 나을까—?"

빌레나가 문득 중얼거렸다.

"할 수 있나……?"

내 물음에 리리가 생각에 잠기고…….

"죽을 만큼 단련한다면 어쩌면…… 그럴까요?"

"불사신이 되기 전에 죽는 거 아닐까…… 그건…….."

벨이 딴죽을 걸고 있었다.

"그런 의미에서는, 시케스만큼은 현실성이 있을지도 모르겠군."

"확실히."

바론의 말대로, 시케스는 현시점에서 이미 S랭크 수준이 되었
다고 생각한다.

그렇게 생각하면 이모탈로 존재의 격을 끌어올려서 불사신화
한다는 흐름은 이룰 수 있을지도 모른다.

일단 현재 생명의 위기가 있는 일은 맡기지 않으니까 나중에 생
각하기로 할까.

"이거, 엄청 굉장한 마법인데 티에라한테 부담은 없어?"

"그만큼 야한 걸 했는데 새삼스럽지 않아?"

빌레나가 웃었다.

"정말이지…… 하지만, 걱정할 것 없어."

빌레나의 말에 수줍어하며 티에라가 계속 말했다.

"이 마법은 나 자신의 부담은 거의 없으니까."

"그랬나."

원래 엘프의 마법은 인간과 달리 주변의 마력을 이용한다.

안 그래도 무진장하게 여겨질 만큼의 마력량을 자랑하는 엘프

인데, 마력을 다루는 실력까지 능숙한 것이다.

그렇다고는 해도 걱정은 되는데…….

"여왕님께서 위험한 상황이라면 내가 막을게."

"그건 든든하네."

리아밀을 쓰다듬었다.

기분 좋은 듯 눈을 가늘게 떴다.

"그럼 롬 할머니를 찾아서 영지 개척으로 돌아갈까."

"으으…… 면목 없어요."

"아뇨. 어떤 의미로 사룡을 쓰러뜨리는 것보다도 어려우니까요…… 저 변덕스러운 노파를 찾는 건."

리리가 말했다.

그게 그럴 정도인가…….

"냐하하. 뭐, 조만간에 나오겠지."

"희귀한 몬스터라도 찾는 것 같은 말투로군……."

바론이 말했다.

확실히 그런 일인가…….

뭐, 그렇다면 그렇게 서두를 건 없다고 할까, 영지에 사람이 모여들 때까지 있으면 되겠지.

주민 전원을 감정해서 적재적소에 배치한다.

그러지 않으면 신국 백성의 높은 마법 적성으로 격차가 생기고 만다는 이유였을 터.

무척 힘든 일이겠지만, 평소 그대로라고 한다면 또 그렇겠지.

플레멜에는 감정사 아야리도 있으니까 그런 인재를 앞으로도 계속 모은다면 롬 노파 한 사람한테 부담이 쏠리지도 않을까.

"린트 경은 이만큼 진지한 모습, 영지에서 루미 경한테 보여주면 되지 않을까요……?"

아오이가 말했다.

"그렇게나 진지하게 보였어?"

그렇다기보다…… 루미 씨랑 있을 때는 그렇게나 진지하지 못하게 보였을까……. 확실히 응석을 부리는 경향이 있기는 했지만…….

"뭐, 생각해봐야 어쩔 수 없겠지. 주인이 이런저런 생각을 한다는 것 정도는, 저 녀석이라면 알고 있다."

"아니라면 그렇게까지 헌신적으로 준비하진 않을 테니까 말이야."

벨과 바론이 둘이서 위로해주었다.

"서방님은 이미 수명의 개념이 사라졌으니까 조금 더 느긋하게 살아도 돼."

"티에라가 말하니까 뭔가, 실감이 담겨 있네……."

"냐하하. 뭐, 느긋하게 가자―."

"내가 느긋하게 군다면…… 역시 루미 씨한테도 이모탈 부탁하는 편이 나을 것 같네……."

물론 관계있는 상대는 모두 한다는 느낌이지만, 지금의 내 상황을 생각하면 루미 씨는 너무나도 빼놓을 수가 없다.

"그런 부분도 앞으로 생각할까요."

리리가 정리해주었다.

우리가 진지한 대화를 나누는 것을 느꼈는지 큐르케와 길이 돌아와 있었다.

항상 **그런 일**이 시작되면 분위기를 읽고 떨어져주니까.

"큐!"

귀여운 울음소리가 들리는가 싶더니…….

"어라? 뭔가 검이 호화로워지지 않았나?"

어떤 원리인지 어느샌가 꺼낼 수 있게 된 큐르케의 검이, 어쩐지 강해진 것 같았다.

"오오…… 린트 경이 강해지면서 이 아이도 한층 더 성장했네요."

아오이가 기쁜 듯 길을 쓰다듬으며 말했다.

정말로 어느샌가 친해졌구나.

"그런 이야기라면 정령도 더 힘을 낼 수 있게 되었어."

리아밀의 말에 카게로도 불러내 봤더니…….

"큐쿠—!"

"오오."

예전보다 더 가까워진 느낌이었다.

물리적이 아니라 정신적이라고 할까, 지금이라면 정령 빙의도 더욱 깊이 일체화할 자신이 있었다.

이것이 이모탈의 은혜인가…….

"스스로가 정령 같은 존재니까 당연하지. 이제 장로가 날뛰더라도, 이번에는 우리끼리도 어떻게든 할 수 있어!"

리아밀이 말했다.

그랜드 엘프와의 싸움에서는, 마지막에는 아오이에게 의지했으니까 말이지.

나와 정령 빙의로 싸워주던 카게로와 리아밀은 둘 나름대로 분하게 여겼나 보다.

그리고 그것은 나도 마찬가지다.

"사룡은 우리가 함께 싸울 테니까."

"당연하지."

"큐쿠—!"

의욕을 내는 둘에게 맞추는 모양새로, 큐르케도 맡기라며 가슴을 폈다.

길도 아오이 덕분에 자신감을 가지고 참전의 의지를 표명해주었다.

든든한 동료들과 함께, 다음 목표를 향해 결의를 다지는 것이었다.

"오오…… 힘이…… 힘이 돌아오는군."

캄캄하게 닫힌 어둠 속에서 조용히 움직이는 그림자가 있었다.

"흠…… 잠에 들 생각이었다만 이건 꽤나……."

대륙에서도 드물게 지상에 뚫린 커다란 구멍 안 깊은 곳.

린트 일행이 몇 번인가 방문한 그 장소는, 대륙에서는 이렇게 불리고 있다.

——사룡의 둥지

과거의 대단한 사람들이 어떻게든 이 장소에 가두어 엄중하게 봉인을 펼친 것조차, 사룡에게는 그저 침상의 감각이었다.

희대의 성마법사인 성녀 리릴나시르의 봉인 보강 덕분에 바로 움직이지는 않지만, 그것도 이미 이 땅에 잠들어 있던 사룡에게는 침대 위에서 가볍게 잠든 정도의 감각이다.

"이 상태로 힘이 돌아온다면……."

사룡이 생각했다.

아니, 생각할 정도의 일도 아니었다.

그저 유희 삼아서 이래저래 머리를 굴리는 것이었다.

그리운 냄새에 재미있어 보이는 장난감의 기척. 게다가 봉인에 관여한 상대도 사룡의 **심심풀이**를 하기에 충분한 상대라고 판단했다.

반대로 말하면 아오이나 린트, 리리를 비롯한 파티 멤버들조차 사룡에게는 그 정도.

"잠들어 있던 덕분에 힘도 넘쳐."

가볍게 몸을 일으킨 것만으로 주변에는 격렬한 진동이 전해지는 것이었다.

사룡의 마력에 이끌려서, 혹은 그 마력을 받고 태어난 몬스터들도 황급히 둥지 주인의 각성을 느끼고 있었다.

"신기하군. 잠들어 있는 것만으로, 아니…… 이렇게 있는 것만으로 힘이 돌아오다니. 마치 무언가, 이 몸에게 가담하고 싶은 자라도 있는 것처럼…….

불온한 분위기가 감도는 그 던전에서 더욱 불온한 오라를 두른 이, 사룡의 목소리가 울렸다.

강력한 상대가 잠에서 깨어난 것을, 린트는 물론이고 강력한 파티 멤버들도 깨닫지 못한 것이었다.

후기

순식간에 4권이 되었습니다.

이미 만화도 4권이 먼저 나왔고, 늦게 GC 노벨즈에서 시작한 렌킨오 씨의 『독신 귀족은 이세계를 구가한다』에게도 따라잡히고…… 그런 마이페이스 진행이지만 이렇게 계속 린트 일행 모험의 나날을 보내드릴 수 있어서 행복하기 그지없습니다.

데뷔작은 따로 있지만, 이 작품은 제가 처음으로 편집부의 연락을 받은, 프로 데뷔의 계기인 작품입니다.

데뷔 이후로 3년 반이 되었습니다만, 이렇게 데뷔작을 아직도 쓸 수 있는 것은 정말 행복하고, 손에 들어주신 여러분이나 관계자 여러분을 향한 감사는 끝이 없습니다.

자, 조금 차분한 이야기가 되었습니다만 딱히 끝은 아니고, 오히려 다음 권 구상도 지금 막 짜고 있는 참입니다.

그렇습니다. 마침내 인터넷 연재 분량을 모두 사용했기에 구상을 짤 필요가 생겼습니다.

현재의 고민은 파티 멤버가 지나치게 늘어나서 순서대로 야한 일을 하는 것만으로도 상당한 분량이 된다는 것. 이래서는 린트는 모험도 하지 않고 야한 일에만 몰두하는 터무니없는 남자가 되어버리니까, 제대로 좋은 모습도 보여드릴 수 있도록 열심히 하겠습니다.

날개 페이지에도 적었습니다만 작가는 가게 준비를 시작했습니다.

리얼 테이머 생활도 여기까지 왔느냐는 느낌입니다.

2024년 2월 정도에 오픈 예정이니까, 큐르케(와 같을 정도로 폭신폭신한 친칠라)라든지 길(같을지도 모르는 이구아나)라든지 카게로(와 안 닮은 것도 아닌 미어캣)이라든지, 보러와 주신다면 행복하겠습니다.

X(@binturong_toro)에서 여러 가지를 발표하고 있으니 흥미가 있으신 분께서는 모쪼록 체크해주세요.

작가도 종종 가게에 얼굴을 비춥니다.

마지막으로 오쿠마 선생님, 항상 멋진 일러스트 감사합니다!

또 이 책에 관여해주신 많은 분께 감사를.

그리고 손에 들어주신 독자 여러분, 앞으로도 오래도록 잘 부탁드립니다.

스카이팜

소설 4권 발매 축하합니다.
만화판도 캐릭터가 늘어서 시끌벅적해졌습니다.
소설과 함께, 응원 잘 부탁합니다.

마나베 조지

KIRCHE
설정 자료집 큐르케 ①

❋ FRONT

❋ 사이즈

❋ REAR

❋ 표정 모음

C H A R A C T E R   D A T A   F I L E

RINT
설정 자료집 린트 ①

❋ **액세서리**

❋ **수납**

❋ **FRONT**

❋ **단검**

❋ **REAR**

BALON
설정 자료집 바론 ①

✳ 갑옷 앞뒤

✳ 문장

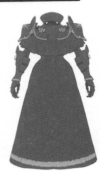

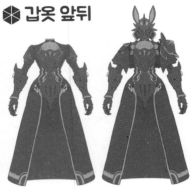

✳ 도끼와 대비

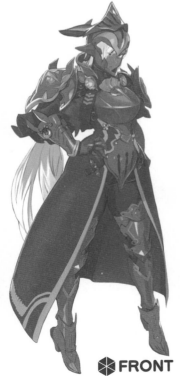

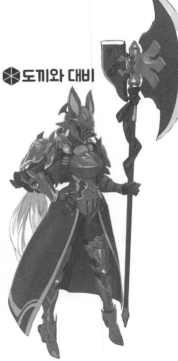

✳ FRONT

GILL & KAGEROU
설정 자료집 길&카게로 ①

❋ 본체(날개, 안장 없음)

❋ 길 전신

❋ 얼굴 클로즈업

❋ 카게로 전신

DAPPOU TAMER NO NARIAGARI BOUKENTAN Vol.4
© 2024 by Skyfarm / Ookuma Nekosuke
All right reserved.
First published in Japan in 2024 by MICRO MAGAZINE, INC.
Korean translation rights reserved by Somy Media, Inc.

탈법 테이머의 벼락출세 모험담 4

2024년 4월 15일 1판 1쇄 발행

저　　　　자	스카이팜
일 러 스 트	오쿠마 네코스케
옮 긴 이	손종근
발 행 인	유재옥
이　　　　사	조병권
출판본부장	박광운
담 당 편 집	정영길
편 집 1 팀	박광운 최서영
편 집 2 팀	정영길 조찬희 박치우 정지원
편 집 3 팀	오준영 이소의 권진영
디자인랩팀	김보라 박민솔
디지털사업팀	박상섭 김지연 윤희진
라이츠사업팀	김정미 맹미영 이윤서
영업마케팅팀	최원석 박수진 이다은
물 류 팀	허석용 백철기
경영지원팀	최정연
인쇄제작처	㈜코리아피엔피
발 행 처	㈜소미미디어
등　　　　록	제2015-000008호
주　　　　소	서울시 마포구 토정로222, 403호 (신수동, 한국출판콘텐츠센터)
판매 및 마케팅	(070) 8822-2301

ISBN 979-11-384-2631-2 04830
ISBN 979-11-384-0652-9 (세트)